扬州大学汉语言文学专业　国家一流专业建设点阶段性成果
2019年江苏省高等学校重点教材立项建设项目

涵泳经典丛书

扬州大学精品本科教材

古詩心賞

宋展云 著

中国出版集团 东方出版中心

图书在版编目（CIP）数据

古诗心赏 / 宋展云编著 . -- 上海：东方出版中心，2024.8. -- ISBN 978-7-5473-2499-8

I. I207.2

中国国家版本馆 CIP 数据核字第 2024H15Z84 号

古诗心赏

编　　著	宋展云
责任编辑	朱荣所
助理编辑	王睿明
装帧设计	钟　颖

出 版 人	陈义望
出版发行	东方出版中心
地　　址	上海市仙霞路345号
邮政编码	200336
电　　话	021-62417400
印 刷 者	上海盛通时代印刷有限公司
开　　本	710mm×1000mm　1/16
印　　张	12.75
字　　数	170千字
版　　次	2024年11月第1版
印　　次	2024年11月第1次印刷
定　　价	70.00元

版权所有　侵权必究

如图书有印装质量问题，请寄回本社出版部调换或拨打021-62597596联系。

目录

绪言　诗歌感发与艺术熏陶——品读古诗，感悟人生

一、精选古诗，侧重"心赏" / 3

二、图文并茂，多维熏陶 / 5

三、实时互动，开放多元 / 7

四、回归诗教，指引人生 / 8

第一讲　"所谓伊人"——《诗经·蒹葭》的追寻主题

一、秋水伊人，缥缈难寻 / 13

二、一唱三叹，妙在写境 / 16

三、追寻母题，延续不断 / 18

第二讲　光明与黑暗的交响——屈原《离骚》的情感波澜

一、美恶交战，忧愁难遣 / 23

二、回环往复，跌宕起伏 / 27

三、高洁情志，光耀后世 / 33

第三讲　思念、理想、生死——《古诗十九首》的人生三重奏

一、古诗眇邈，人世难详 / 45

二、语短情长，意悲而远 / 48

三、清音独远，拟作代出 / 57

第四讲　乱离时世的女性悲歌——蔡文姬及其《悲愤诗》

一、出身名门，才华横溢 / 73

二、命运多舛，红颜薄命 / 76

三、坎坷经历，发为悲愤 / 77

四、永垂青史，意义非常 / 81

第五讲　理想与现实的困境——曹植诗作的骨气与仙气

一、早年翩翩，后遭迍邅 / 93

二、辞激意切，愤笔成篇 / 96

三、求仙求寿，志存理想 / 101

四、建安之杰，垂范后世 / 104

第六讲　寡妇、孤鸿与竹林——阮籍《咏怀诗》的无常与逍遥

一、傲然独得，任性不羁 / 111

二、生命无常，孤鸿无依 / 114

三、逍遥物外，翱翔太极 / 119

四、萧萧笛音，竹林遗韵 / 121

第七讲 睹物思人，物是人非——潘岳《悼亡诗》的深情

一、伉俪情深，晚年伶仃 / 129

二、宛转侧折，旁写曲诉 / 132

三、文寄幽恨，辞传哀悯 / 135

四、悼亡典范，情韵悠远 / 138

第八讲 "洛水"与"南金"——陆机诗作的"京洛"风尘

一、辞亲赴洛，世网婴身 / 145

二、相互赠答，彰显气节 / 149

三、兴亡有常，惟南有金 / 151

四、克振家声，济同以和 / 155

第九讲 "乐琴书以消忧"——陶渊明诗中的菊与酒

一、误入尘网，心系田园 / 161

二、归去来兮，复返自然 / 164

三、悠然采菊，抱朴含真 / 167

四、有酒盈樽，乐知天命 / 171

第十讲 "孤屿媚中川"——谢灵运行旅诗的生命印迹

一、苕苕船帆，茫茫何之 / 181

二、行客多忧，作诗自遣 / 184

三、笔法精巧，诗史流芳 / 188

绪 言

诗歌感发与艺术熏陶——品读古诗,感悟人生

中国古代历来重视"诗教"传统，古典诗歌作品的阅读与欣赏在人文素养培育及人格塑造方面起到了重要作用。近现代以来，顾随《中国古典诗词感发》、傅庚生《中国文学欣赏举隅》、叶嘉莹《汉魏六朝诗讲录》等名著应运而生，成为重视诗歌艺术感发及情操培养的经典作品。然而，随着当代人文学科的分科日益细化，大学课堂中文学史的讲授成为课程重点，而经典诗歌作品的讲授有所减少，尤其是经典诗歌作品的现实感发意义的讨论与研究显得不够充分。当下的诗词大赛较为盛行，然而大多偏重记诵和吟诵，而作品内涵、艺术意蕴以及对于人生的指引价值等问题较少涉及。在目前重视通识教育的背景下，诗歌艺术感发与大学生人格塑造的研究现实意义深远，诗歌品赏与人文素养培育的教学改革也值得深入研究。如何在多维艺术视野下，调整中国古典诗歌教学模式，启迪学生追求富有诗意的人生，此类问题，值得探讨。

一、精选古诗，侧重"心赏"

目前，很多大学重视通识教育，学生入学之后，先讲授文科基础课程，随后再强化专业培养。在人文学科中，以往专业的文学史和文化史授课内容和方式需要变通与改革，其中开设中国古典诗歌研读课尤为必要。一方面，就学生掌握基础知识而言，经典诗歌作品的品读与欣赏，可以让其初步建立起中国文化与文学的知识体系，对日后深入专业学习有所帮助。另一方面，经典诗歌作品的艺术品赏，对于学生树立正确的人生观、塑造优良人格品性以及提升文艺作品欣赏能力皆有益处。

中国古典诗歌历来有"心赏"的传统，所谓"心赏"，即要深刻感受到诗歌作品"感荡心灵"的情感力量，从而有理解之同情，思考现实人生。宋代严羽品读《离骚》曰"歌之抑扬，涕泪满襟"，读出诗中真味。诸多经典名篇佳句，皆值得反复涵泳、细细品味。例如，《王风·黍离》曰"知我者，谓我心忧；不知我者，谓我何求"，阮籍《咏怀诗》曰"终身履薄冰，谁知我心焦"，谢灵运《晚出西射堂诗》曰"含情尚劳爱，如何离赏心"，杜甫《秋兴八首》曰"丛菊两开他日泪，孤舟一系故园心"……中国古典诗歌注重心灵的抒发，品读诗歌也要重视"心赏"。因此，相关课程可以选取历代经典诗歌篇目，精选最美、最能打动人心、最具诗味的作品，从主题辨析、意象解读、内韵品赏、情感表达、文学母题延续等几个层面，建构"心赏"式的品读模式。如此，力求摆脱传统文学

（清）石涛绘《杜甫诗意册》（局部）

史和诗歌史重视"史"的阐释，而容易忽视文本品读、情感分析的不足，增强学生阅读经典诗作的感悟力和欣赏力。

刘勰《文心雕龙》曰："诗者，持也，持人性情。"读其诗，想见其人。关于选篇，可以兼顾"诗"及"人"的选取，"人"为代表诗人，"诗"，则是最动人心魄的作品。近代胡怀琛著有《中国八大诗人》，选取古代八位著名诗人，侃侃而谈，颇有己见。顾随《驼庵诗话》，更是字字珠玑，气象万千。近年来，一些诗歌赏鉴作品显示出多元化倾向，也侧重内心感发式品读。如莫砺锋的《莫砺锋诗话》，选取诸多话题，敞开心扉，与古诗及读者交流。如张定浩《既见君子：过去时代的诗与人》一书，品评先秦汉魏六朝诗歌，视野开阔，涉及诸多文艺话题，给人耳目一新之感。又如黄晓丹的《诗人十四个》以春命题，围绕友情、孤独、离别等主题，体悟古今生命体验之同情。此皆一己之心赏，而为众人之所共情。本书的编写与讲授过程中，选取经典诗作，联系古今评赏，建构"心赏"式品读范式，使古代作家、作品鲜活起来，课堂也变得有趣而生动。

因此，本书选取先秦时期的《诗经》《离骚》，汉代的《古诗十九首》，建安时期的蔡文姬、曹植，正始时期的阮籍，西晋时期的潘岳、陆机，晋宋之际的陶渊明、谢灵运，择其代表诗篇，或是一首，或是多篇，内容涉及不同主题，共分为十讲，通过品读先秦汉魏六朝的经典诗作，含英咀华，感悟人生。

二、图文并茂，多维熏陶

中国古代文学作品与其他艺术门类息息相关。文字可以与图像互见，让人更加深刻地理解文学作品的内蕴；音乐可以与诗歌互补，将诗歌的意味，以声音的形式再现。如《诗经》名物的讲授，可以参考日本学者细井徇的《诗经名物图解》，学生原本陌生的动植物，一下子变得栩栩如生,起到"多识鸟兽草木之名"的作用。《楚辞》是经典文本,后世出现不少有关屈原及其诗歌意象的画作,这对于理解诗歌意境和作家人格魅力很有帮助。明代萧云从所绘《离骚图》有助于理解作家、作品形象。而且,《离骚》情感起伏跌宕,如何更好地理解其内在脉络与节奏?本书结合管平湖先生打谱演奏的《离骚》古琴曲来分析诗作,此曲共分十八段,情感脉络与《离骚》文本有相似性又有不同。其中最后一段"临睨故乡",很好地表现出屈原回望故乡、以死殉国的深深哀痛之情。此曲曲调哀婉深沉,与《离骚》原文相互印证、一起品味,可以提升学生审美感知力与爱国情操。明清时期的琴人热衷于陶渊明《归去来兮辞》的艺术再现,将诗歌意境以古琴音乐的形式呈现,有助于我们理解诗歌的结构、意蕴和情韵,琴曲本身也成为经典作品,值得聆听与品赏。

　　课程讲授可以配以插图、音频材料,将单一的文本品读,变为诗、书、画、乐一体的涵咏品赏。笔者在讲授唐诗时,也曾对《古诗心赏》中的思路及方法加以拓宽。如阅读王维诗作时,联系唐代绘画史知识,让同学们更加真切地领会王维诗作的画面美。讲到王维《送元二使安西》时,则欣赏著名琴曲《阳关三叠》,请同学们思考为何此诗以及琴曲能够成为经典作品。有同学谈道:"管平湖先生演奏的《阳关三叠》缓缓地将我的

(唐)李昭道绘《明皇幸蜀图》(局部)

思绪牵出去，不知道飘向哪里。泠泠琴音掩着淡淡的怅惘与叹息，一声一声流淌环绕，仿佛诉说着离别之意，却十分克制，结尾余味无穷。"此类体会真切而动人。讲到李白《蜀道难》时，结合著名画作《明皇幸蜀图》，分析此类题材在绘画及文学作品上的共通性。多维艺术的熏陶，可以增强学生的艺术品赏力，指引其感悟多样的人生境界，同时提升课堂效果及文化品位。

三、实时互动，开放多元

诗歌教学不一定局限于课堂，相关教案也不一定全部由教师写定，可以将学生的优秀作品和经典点评引入课堂、在线讨论。可以充分利用网络教学平台，实时分享与互动。例如讲到杜诗时，笔者将相关问题发至网络讨论区："请思考梁启超为何称杜甫为情圣？"同学们各抒己见，相互切磋。有同学认为："杜甫的情不是单讲某一种感情，而是大格局上的、多元化的情，所见之物都可以让他有感而发、情由心生。其他的还有如抨击官吏的黑暗、同情百姓的疾苦等。如果用现代的眼光来看，大致可以说是有极强的共情能力。"此类评点可以让学生参与诗歌品读，用微信朋友圈的形式与其他同学分享。同时，可以在线开通慕课，与网友互动，鼓励网友反馈并参与制作诗歌品赏课件，分享阅读诗歌的心得体会与精彩内容，也融入课堂或网络教学之中。

课程在课堂讲授之余，可以不定期安排学生走近诗歌产生的文化场域，与诗歌产生地点、人文景观亲密接触，最直观地感受诗人情怀。选择性组织学生去南京六朝博物馆、王谢故居、桃叶渡、镇江昭明太子读书台、北固山、苏州和扬州古典园林、瓜洲古渡等地，体会诗歌产生的文化地理风情，加深理解诗歌内蕴。如此，将课堂延伸到教室之外，将固定的教学模式推向开放化、多元化。

镇江　昭明太子读书台

四、回归诗教，指引人生

顾随说："文学是人生的反映，吾人乃为人生而艺术。若仅为文学而文学，则力量薄弱。"经典诗歌的研读与讲授，需要弘扬诗教精神，指引学生树立富有诗意及人文关怀的人生观。

首先，回归经典，弘扬文化。古典诗歌作品，可以给人以美感，更可由此追溯中国文化的精髓。古典诗歌艺术和古代书画、中国哲学、古琴艺术等密切关联、息息相通，通过诗歌作品赏读，并以多维艺术视角贯通中国传统文化，对于弘扬优良文化、树立文化自信有着切实意义。由此探寻传统诗教与当代文化传承的契合点，建立多维艺术的品赏模式，回归诗教传统，揭示诗歌作品的现实感发意义，指引学生阅读经典、传承文明。

其次，直面困境，指引人生。古代诗人能够坦然面对悲喜，敢于直面人生。如高洁爱国的屈原、固穷守节的陶渊明、悲天悯人的杜甫等。细细品读经典诗作，可以使学生内心更加强大，坦然面对未来。同时，还要关注人类命运共同体下

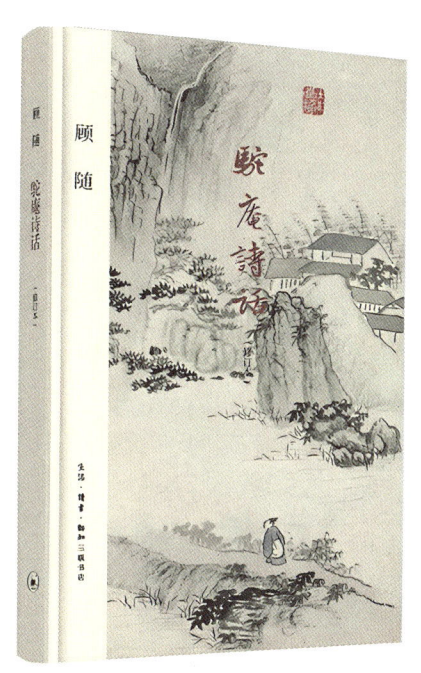

顾随《驼庵诗话》书影

的诗意人生，人类命运和情感的表达、书写古今具有共通性，引导学生关注人类命运以及永恒的情感话题，培养优良的道德情操。

再者，树立情怀，走向未来。涵泳经典，鉴古知今。阅读古典作品，可以回归历史语境，了解古代社会现实。大学生人文素养的培育以及高尚情怀的塑造尤为重要。充满诗意、富有人情，敬畏自然、兼济天下，才能更好面对未来。由此，我们需要挖掘经典诗歌的人格典范意义。文学即人学，经典作品背后是高尚光辉的人格魅力，要指引学生品读经典，树立优良的价值观和人生观，立志做品学兼优的社会栋梁。

总之，中国古典诗歌的研读与讲授，应该精选佳作，立足心赏，多维观照，指引现实。刘勰《文心雕龙》曰："在心为志，发言为诗。舒文载实，其在兹乎？"读诗明心见志，古今同气。通过品读古诗，我们探寻本民族的文化精神，继承宝贵遗产，提升审美能力。在潜移默化中，让青年朋友们更有时代担当。

第一讲

「所谓伊人」——《诗经·蒹葭》的追寻主题

孔子说："《诗》三百，一言以蔽之，曰：'思无邪。'"如何才能"无邪"？人们往往会想到"天真无邪"一语，诗歌作品亦是如此，越是天真烂漫的作品，越能够以简单的言辞表达丰富复杂的情感。《诗经》是先秦时期古老的歌谣，内容涵盖万象，包罗古今……上古先民的情感充沛，因为他们曾经真切地体验过生命，阅读《诗经》，其实也就是"感人哀乐"，看先人因何而欢喜，为何而哀伤。古诗的精粹在何？或许读懂了《蒹葭》，读懂了《诗经》，我们就读懂了生活，读懂了中国艺术精神；或许我们永远也读不懂，还会不断追寻，就像我们漂浮不定的理想和命运。

一、秋水伊人，缥缈难寻

《蒹葭》为《诗经·秦风》中别具一格的作品，清人方玉润在《诗经原始》中也发现此诗的独特性，他指出："此诗在《秦风》中气味绝不相类，以好战乐斗之邦，忽遇高超远举之作，可谓鹤立鸡群，翛然自异者矣。"秦人本有尚武精神，《诗经·秦风》里的十首作品也多为征战、劝讽之类的题材，不过秦人虽然外表粗犷，但内心细腻，因此才会歌唱出如此缥缈婉转的《蒹葭》。正如西北既有秦腔一声狂吼的热烈豪情，也有陕北民歌《兰花花》的婉转悲情。

《蒹葭》的故事场景发生在秋天的清晨，诗作如下：

蒹葭苍苍，白露为霜。所谓伊人，在水一方。溯洄从之，道阻且长。溯游从之，宛在水中央。

蒹葭凄凄，白露未晞。所谓伊人，在水之湄。溯洄从之，道阻且跻。溯游从之,宛在水中坻。

蒹葭采采,白露未已。所谓伊人,在水之涘。溯洄从之,道阻且右。溯游从之,宛在水中沚。

"蒹葭苍苍,白露为霜",仅此一语,已然绘制出一幅苍茫缥缈的深秋图卷。《诗经》长于比兴、善于发端,《诗经》中的名物,不仅可以让读者多识鸟兽草木之名,且具有丰富的象征性和比喻义,如此,动植物也被赋予人情与诗韵。《毛传》曰:"苇之初生曰葭,未秀曰芦,长成曰苇。"芦苇初生之时,一片片嫩绿色,端午时节,叶子肥大,可做粽叶,此时尚未结出芦花,被称为"芦"。此后的九十月份,渐渐长出芦花,叶子发黄,芦花变成大片灰白色,随风摇曳,一片苍茫。李时珍《本草纲目》指出:"苇者,伟大也。芦者,色卢黑也。葭者,嘉美也。"此处因声求义,丰富了芦苇的象征意蕴。不过,让芦苇充满诗意的,更多则是时节,是白露。究竟是"白露为霜",染白了芦苇,还是"蒹葭苍苍",映衬出"秋冬之际,尤难为怀"的惆怅呢?"苍苍",是历经岁月沉淀后的一丝哀愁,正如水边奏出芦笛的清响,又如诗人道出"不知明镜里,何处得秋霜"的几许感伤。

秋水,足以让哲人沉思,足以让诗人吟唱。然而,诗人还要继续唱出"所谓伊人,在水一方"的句子,让心灵里的一潭秋水泛起涟漪,荡起波澜。秋水,澄澈透明,它洗去春日的脂粉气,涤荡夏日的浑浊不堪,留下一片澄明的内心,去等待,去追寻。水波无痕,蒹葭依依,物象的世界因为人的存在,而变得更有生机,也会因为"野渡无人舟自横"的空无,变得无比孤寂。然而,最大的孤独,或许不是独处,而是"所谓伊人,在水一方"的毫无目的又似乎充满目标的"所谓",还有"伊人",还有"一方",这是理想的"三重门"!"所谓",也许是虚无的,"伊人",不知何许人,"一方",预示着彼岸。

诗作首二句写景,如在目下;次则写境,缥缈难及。诗人继续唱道:"溯洄从之,道阻且长。溯游从之,宛在水中央。"那么如何追寻? 逆流而上,紧紧"从之","从之"即跟从、随从。心之所向、跟踪追寻,岂不美哉? 然而,诗人忽一顿笔,"道阻且长",道路阻隔,或许尚可追寻,一个"长"字,可能不仅是地理距离的悠长,更是心灵空间的幽远。既然如此阻隔,又何必追寻? 换一种方式呢? "溯游从之,宛在水中央。"顺流而下,"伊人"仿佛在水中央,又似乎不在。此处,为何不是"宛在水央",而是五个字"宛在水中央"? 诗句化为五言,音调由此更加绵长,距离更加遥远,理想更加渺茫,诗韵神秘空灵。"宛在"二字尤妙。贺贻孙《诗触》曰:"'宛在'二字意想深穆,光景孤澹。'道阻且长','宛在水中央',皆可意会而不可言求,知其解者并在水一方,亦但付之想象可也。"

那么诗人苦苦追寻什么呢? 于是,汉人开始解释,《诗小序》曰:"刺襄公也,未能用周礼,将无以固其国焉。"于是,宋儒由此问道,朱熹

(汉)毛亨传,(汉)郑玄笺,(唐)孔颖达疏,(唐)陆德明音释《毛诗注疏》(南宋刊十行本)

《诗集传》:"言秋水方盛之时,所谓彼人者,乃在水之一方。上下求之而皆不可得,然不知其何所指。"此诗主旨或是求贤尚德,或是思贤招隐,或是朋友想念之词,或是贤人隐遁之诗,或是思慕意中之人……"不知所指"才能入境,犹如庄周梦蝶,扑朔迷离,宛然若梦。千年之后,白居易在《琵琶行》中写道"浔阳江头夜送客,枫叶荻花秋瑟瑟",一样的水边,一样的深秋,不一样的哀愁!

二、一唱三叹,妙在写境

真正的哀愁,或许并不在于直接写愁,正如"小园香径独徘徊"的几许闲愁,几笔勾勒,情思自现。其实,真正的诗人从来不会掩饰自己的内心,境界与作法只是其心灵的代言而已。中国古典诗歌最善于由境写心,《诗经》更是如此。《蒹葭》以简短的四言为主,古朴凝练,犹如蜿蜒曲折的秦川,云雾缭绕,恍惚迷离。如果说,后世的汉乐府重在截取生活片段,来写一种际遇,因而"感于哀乐,缘事而发",那么《蒹葭》则重在写境,兴象玲珑,情意深远。"蒹葭""白露""伊人""宛在""水中央"共同构成一曲情意绵绵的秋日恋曲,为理想,为人生,为爱情,或者什么都不为,仅仅是秋冬之际的一曲惆怅。正如戴君恩评曰:"溯洄,溯游,既无其事;在水一方,亦无其人。诗人盖感时抚景,忽焉有怀,而托言于一方,以写其牢骚悒郁之意。""感时抚景,忽焉有怀",凝练而抽象,兴尽而情现。

《蒹葭》第一章辞意已显,韵味全出,或许不必往后再写。然而,歌者不能自已,还需反复咏叹,如此增加了诗作的感染力,令人回味无穷。方玉润《诗经原始》曰:"三章只一意,特换韵耳。其实首章已成绝唱。古人作诗,多一意化为三叠,所谓一唱三叹,佳者多有余音。"诗歌余韵的生成,在于重章叠句,反复中略有变化。首章"蒹葭苍苍,白露为霜",写秋日清晨露寒霜重之景;次章"蒹葭凄凄,白露未晞",写旭日初升,霜露渐融之状；第三章"蒹葭采采，白露未已"，写阳光普照，露珠将收之境。如此反复渲染，形象刻画出时间的流逝以及物色的变化，更将诗人求之不得的迫切心境点染出来。诗人通过"为霜""未晞""未已"等语，描绘出白露不同时间的状态。这种形态，常常处于某种边界，表现出不太稳定的态势，"为""未"，皆预示着一种变化，正如诗人内心捉摸不定的情思。而奠定抒情底色的"蒹葭"呢？那是诗人追寻故事的背景。由"苍苍"，到"凄凄"，再到"采采"，或可解释三者皆为茂盛之意，其实不然。"苍苍"，重在描写其色泽；"凄凄"，湿润貌，写出霜露渐渐融化，打湿苇叶的情状；"采采"，众多之貌。如此三组叠字的连续使用，不仅增加了诗歌的音乐美，也渲染出变化莫测的氛围感。

关于"伊人"出现的水边场景，诗人咏叹中夹杂着变化，好像类似的乐句换了几个音符，旋律大体相似，却形成了不同样的音色效果。描写蒹葭的变化，重在时间的流动，而水边的叙写，则在于空间的变换。"在水一方""在水之湄""在水之涘"，似乎都是在水边，却又可望而不可即。伊人，在水的那一边默默不语，即使是近在咫尺的岸边，却又仿佛隔着汪洋大川，遥不可及。"道阻且长"，写出距离之远；"道阻且跻"，写道路险峻，需攀登而上；"道阻且右"，写出道路弯曲之意。艺术最忌呆板重复，正如王羲之《兰亭集序》中变化多端的"之"字，随着书家的情感波动而摇曳生姿，《诗经》中的复沓，看似重复，实则变化无穷，成为有意味的艺术形式。

面对诗人如此急切的追寻，诗作最后却放缓了节奏与步伐，"宛在水中央"，写出了"夷犹"之态，伊人宛在，还需追寻吗？"宛在水中坻""宛在水中沚"都是指水中小渚。"宛在水中央"与"在水一方"形成了一种矛盾与张力，她或许在岸边，或许在小渚，她或许早已不在……诗人甚至可以发问：我是在寻求她，还是在寻求自我？只留下象征企慕之情的蒹葭，与求之不得而怅然的诗人，在一片凄迷的白露之中，在一片茫茫的秋水之中，苦苦吟唱，执着追寻！

三、追寻母题，延续不断

企慕之境、追寻之思，成为《蒹葭》的核心主题。庄子说，大鹏一飞数千里，列子御风，逍遥物外，然而他们都有依赖。有所追寻，就意味着必有失落。但如若无我无求，存在的意义又何在？如此，"企慕"，即使预示着"道阻且长"的隔绝，即使她"宛在水中央"，好歹还有彼岸的期待。

有了期待，也便有了诗人。如若心如死灰，何必写诗？只要诗人还需倾诉，还要抒发情思，还需要表达自我，就不会放下手中之笔。于是，便有了屈原，他独自清醒，形容枯槁，唱出"路漫漫其修远兮，吾将上下而求索"的忠贞誓言。还有汉末士人唱出"行行重行行，与君生别离。相去万余里，各在天一涯；道路阻且长，会面安可知"的悲欢离合。他们领悟到生死之大，方才在现实的世界中，不断追求生命的厚度。还有"骨气奇高"的曹植，在洛水边写下"超长吟以永慕兮，声哀厉而弥长"的感伤词句……

如此，《蒹葭》便是不断追寻的生命序曲，是诗人水边惆怅的琴曲"调意"。王国维《人间词话》说："古今之成大事业、大学问者，必经过三种之境界：'昨夜西风凋碧树，独上高楼，望尽天涯路'，此第一境也。'衣带渐宽终不悔，为伊消得人憔悴'，此第二境也。'众里寻他千百度，回头蓦见，那人正在灯火阑珊处'，此第三境也。"人生的不同阶段，往往处于不同的追寻境界。王国维又说："《诗·蒹葭》一篇，最得风人深致。晏同叔之'昨夜西风凋碧树，独上高楼，望尽天涯路'意颇近之。但一洒落，一悲壮耳。""风人"指诗人，"深致"指深远的情致，"风人深致"，对后世诗歌意蕴产生深远影响。《蒹葭》的主人公反复追寻，在水天一色的一片迷茫中不断求索，此中更着意于追寻的过程，其结果并非重要，因此显得"洒落"。而晏殊的"望尽"，苦苦寻觅，带有极大的忧虑及劳顿之心，因而渲染出一种悲壮色调。

追寻理想及世间的一切美好,或许困难重重,历经艰难,也可能徒劳无获。然而,在灯火阑珊处的蓦然回首,还有水边的蒹葭苍苍,让我们知道,我们曾经生活过,曾经追寻过"所谓伊人"!

[日]细井徇《诗经名物图解·蒹葭》

拓展阅读:《诗经》选读

《周南·汉广》

南有乔木,不可休思;汉有游女,不可求思。汉之广矣,不可泳思;江之永矣,不可方思。

翘翘错薪,言刈其楚;之子于归,言秣其马。汉之广矣,不可泳思;江之永矣,不可方思。

翘翘错薪,言刈其蒌;之子于归,言秣其驹。汉之广矣,不可泳思;

江之永矣，不可方思。

《周南·卷耳》

采采卷耳，不盈顷筐。嗟我怀人，置彼周行。
陟彼崔嵬，我马虺隤。我姑酌彼金罍，维以不永怀。
陟彼高冈，我马玄黄。我姑酌彼兕觥，维以不永伤。
陟彼砠矣，我马瘏矣，我仆痡矣，云何吁矣。

《陈风·泽陂》

彼泽之陂，有蒲与荷。有美一人，伤如之何？寤寐无为，涕泗滂沱。
彼泽之陂，有蒲与蕳。有美一人，硕大且卷。寤寐无为，中心悁悁。
彼泽之陂，有蒲菡萏。有美一人，硕大且俨。寤寐无为，辗转伏枕。

第二讲

光明与黑暗的交响——屈原《离骚》的情感波澜

诗歌，是心灵世界的流露；伟大的诗作，是时代的心声，也是诗人生命的抒写。战国时代，群雄逐鹿，唯利是图，个体的尊严在残酷的杀戮与冷漠的人情面前显得不堪一击。屈原，心怀感伤，胸中愤懑，发诸《离骚》，以二千四百余言，唱出了楚国的挽歌和爱国诗人的焦虑、不安与彷徨。每一个跳动的文字，都是心灵与现实抗争的音符，都是光明与黑暗的交响。每一个流动的篇章，都是诗人情感的波澜，反复纠结，痛苦无助。屈原找不到出路，他以"死直"的壮烈，映衬出生命的色彩。纵然未读诗作，"离骚"二字的情感力度早已深入人心；走进诗作，忧愁化为高洁不屈的生命旋律，正如永恒的理想光芒，千古流芳，永不磨灭。

一、美恶交战，忧愁难遣

司马迁曰："屈原放逐，乃赋《离骚》。"屈原创作《离骚》，与其高贵出身、不屈性格及现实遭遇密不可分。林庚在《中国文学简史》中指出："从屈原起开始出现了有人以全力来写诗，以一生的思想感情来丰富诗，并且通过诗表现了自己整个的人格。"屈原（约公元前340年—前278年），名平，字原，他是楚国的同姓贵族。首句"帝高阳之苗裔兮"，即充满着对其高贵出身的无比自信。一般而言，出身贵族的诗人，其内心情感较为充沛，情绪能量巨大，在面对外界的抗争与斗争时，往往能够刚正不阿、奋不顾身。屈原本是楚国地位显赫的贵族，屈氏人才济济，在楚国内政外交以及军队作战等事务中发挥着举足轻重的作用。

屈原的出生，更是承载着长辈的深厚期待，他继续写道："皇览揆余初度兮，肇锡余以嘉名：名余曰正则兮，字余曰灵均。""正则"，即公正而有法则之意，长辈希望他正直且有法度。待到屈原成年之时，又为其取字曰"灵均","灵"与"天"合,"均"与"地"合,王逸《楚辞章句》解释为:"上能安君,下能养民",屈氏家族希望屈原能够具备顶天立地的经国之才。屈原自幼受到良好的教育,加之天资聪慧、敏而好学,青年时期便展现出不俗的治世才干,据《史记》载,屈原曾为楚怀王左徒,"左徒"相当于左丞相,职位仅次于最高行政长官"令尹",地位十分重要。屈原"博闻强志,明于治乱,娴于辞令。入则与王图议国事,以出号令;出则接遇宾客,应对诸侯。王甚任之"。此时的屈原积极参与内政外交,深得楚王信任。

战国后期,诸侯争战不断,当时秦国、楚国、齐国成为势力最强大的国家。秦国经过商鞅变法,加上秦人骁勇善战,军事力量不断壮大,渐渐觊觎其他国家。如果齐楚连横抗秦,秦国未必能够抗御。于是,秦国采取合纵战略,远交近攻,各个击破,逐步瓦解齐楚联盟。秦惠王派能言善辩的张仪入楚,贿赂佞臣靳尚等人,并假意献地六百里。秦国通过欺骗手法,破坏了齐楚联盟。楚怀王发现上当之后,举兵攻打秦国,结果蓝田之战大败,楚国元气大伤。在此政治背景下,屈原并未受到重用,"上官大夫与之同列,争宠而心害其能",上官大夫等人在楚王面前谗言,说其"每一令出,平伐其功",楚王怒而疏远屈平。公元前299年,秦国攻打楚国,并胁迫楚怀王前往武关赴约,屈原竭力劝阻,楚王不从,一怒之下将屈原流放汉北。楚怀王后被秦国扣留,客死他乡。此后,顷襄王为楚国国君,并任用其弟子兰为令尹,他们继续排挤屈原,并采取委屈求和的策略,以求一时安宁。令尹子兰教唆近臣,继续在楚王面前诋毁屈原,屈原被流放到沅、湘一带。最终,在顷襄王二十一年(公元前278年),楚国败亡,屈原悲愤绝望,自沉于汨罗江。

司马迁《史记》写道:"屈平疾王听之不聪也,谗谄之蔽明也,邪曲之害公也,方正之不容也,故忧愁幽思而作《离骚》。"一般认为,《离骚》的写作年代在屈原第一次或第二次放逐时期,从"虽不周于今之人兮,愿依彭咸之遗则"等誓死决心看,作于第二次放逐时期可能性更大。关于

《离骚》的题旨，解释大体相近，或是遭忧而作，或是离别的忧愁，"忧"字成为《离骚》的诗眼。在受到政治打压与排挤之后，屈原为国家的命运担忧，为自己的不公际遇而叹息。在过往与未来之际，在现实世界与想象仙界之间，屈原犹豫、彷徨、痛苦，批判现实又执着追寻。

在屈原笔下，"余""党人""楚王"，形成了三股复杂的"宣叙调"，这是屈原高洁灵魂的絮语，也是对奸佞小人无情的控诉。屈原开始便写道

（明）陈洪绶绘《屈子行吟图》

"纷吾既有此内美兮，又重之以修能。扈江离与辟芷兮，纫秋兰以为佩"，他秉性忠贞，为人正直，"江离""秋兰"等香草以喻其亲善远邪、自励芳洁。屈原所言"内美"与"修能"，不仅是指个体的道德情操与处事能力，更是修己达人、为国效力的忠贞表现。屈原曾任三闾大夫，他努力培养楚国子弟，希望他们才干出众、为国尽忠，屈原写道"冀枝叶之峻茂兮，愿俟时乎吾将刈"，然而他一手培养的青年才俊，却是随波逐流，变为恶草，"虽萎绝其亦何伤兮，哀众芳之芜秽"。诗人写道"高余冠之岌岌兮，长余佩之陆离"，即使身边的英才早已沦为"芜秽"，诗人高俊挺拔、坚贞不屈的美好形象依旧未曾动摇。

除了及时修身和培养人才之外，屈原还提倡美政，这不仅是屈原的政治理想，也是他回顾历史、结合现实之后深思熟虑的思想结晶。屈原希望以德治国，他指出："皇天无私阿兮，览民德焉错辅。夫维圣哲以茂行兮，

苟得用此下土。"此句意思与《尚书》"皇天无亲，惟德是辅"的观念颇为相似，屈原认为只有圣贤才能拥有天下，言语之中，隐藏着对不贤君主的不满，以及对楚国未来的担忧。历史是现实的镜子，屈原反观历史，正反对比，非常清醒地指出："彼尧舜之耿介兮，既遵道而得路。何桀纣之猖披兮，夫唯捷径以窘步。"这是在提醒君王顺道而为，远离群小。国家的强盛，离不开变法维新、修明法度。法度面前，人人平等，如此才能上下整肃，国家安定。因此，屈原多次强调规矩及绳墨的重要性。他写道："固时俗之工巧兮，偭规矩而改错。背绳墨以追曲兮，竞周容以为度。"楚国贵族为了维护自身利益，往往无视法度，背离规矩，如此，国家无常则，容易混乱无序。此外，屈原还主张"举贤才而授能"，任用贤才是国家强盛的关键，秦国任用韩非、白起等谋士良将，从群雄争霸中脱颖而出、不断壮大。面对天下形势和楚国现状，屈原的美政思想具有鲜明的现实针对性，然而楚王并未听从屈原的建议，而是多次出尔反尔，屈原只能"伤灵修之数化"。

在《离骚》中，作为抒情主人公——"余"的高洁情操与"党人"的同流合污形成了鲜明对比。楚怀王和顷襄王并非励精图治的君主，他们喜听奉承美言，不愿接受屈原的苦心直谏。令尹子兰、上官大夫靳尚等人结党营私，苟且自保，并不为楚国未来及民生担忧。他们相互勾结，排挤屈原，屈原也因此被流放。在《离骚》中，黑暗的旋律与屈原向往光明的声音形成了复调的交响。一边是党人唯利是图、贪婪嫉妒："惟夫党人之偷乐兮，路幽昧以险隘。""民好恶其不同兮，惟此党人其独异！户服艾以盈要兮，谓幽兰其不可佩。""众皆竞进以贪婪兮，凭不厌乎求索。羌内恕己以量人兮，各兴心而嫉妒。"一边是屈原独善其身、恪守其志："举世皆浊，我独清；众人皆醉，我独醒。"他坚定信念，不愿同流合污，写道："宁溘死以流亡兮，余不忍为此态也。鸷鸟之不群兮，自前世而固然。"他从未胆怯，而是愈加奋进，正因其内心坦荡，如此才无所畏惧、一往无前，"虽体解吾犹未变兮，岂余心之可惩"。屈原顺心而为，唱出了高洁生命的最强音符。

屈原深爱其故土，然而党人贪婪谋私、祸国殃民，楚王昏庸糊涂、反复无常，眼看美政理想无法实现，楚国一步步堕入深渊。在一句句正直之言的劝诫中，在一次次忠而见弃的失落中，屈原上下求索，矛盾困惑，在进与退之间，在志与行之间，徘徊无定，发出最后一声呐喊："既莫足与为美政兮，吾将从彭咸之所居！"此为悲愤无助之后的冷静抉择！这是写给楚王看的，写给群小看的，也是写给世界、写给未来看的！

司马迁指出："屈平正道直行，竭忠尽智以事其君，谗人间之，可谓穷矣。信而见疑，忠而被谤，能无怨乎？屈平之作《离骚》，盖自怨生也。"诗歌的力量在于情感的宣泄，然而，"怨"已不足以概括屈原的情感波澜，他的诗歌呈现出五彩斑斓的情感光辉，那是一个正直灵魂的告白，也是告别！顾随《驼庵诗话》："诗里表现悲哀，是伟大的；诗里表现伤感，是浮浅的。"屈原的愁思已经无从倾诉、无法排遣，其中的悲哀更是融入人世间固有的世态炎凉，耳目所见，皆为可叹：命运、时势、恶草、群小……《离骚》，正是一首悲怆的命运交响曲！

二、回环往复，跌宕起伏

屈原为人正直、刚正不阿，他为理想不断上下求索，然而却难以找到出路，他在抗争和妥协之间彷徨不定，在独自清醒与随波逐流之间犹豫徘徊，在黑暗现实与幻想世界中左右摇摆，因此在《离骚》中反复申述、辩解、表白，形成了浓烈而复杂的情感波澜。《史记》写道："屈平既嫉之，虽放流，眷顾楚国，系心怀王，不忘欲反。冀幸君之一悟，俗之一改也。其存君兴国而欲反覆之，一篇之中三致志焉。然终无可奈何，故不可以反。"正因屈原心系故国，不忍放弃，他才在诗篇中反复表明自己的志向，期望楚王能够改变主张，然而最终还是徒劳而返。顾随《驼庵诗话》曰："屈原乃对人生取执着态度，而他的表现仍为缥缈、夷犹。"拥有坚定信

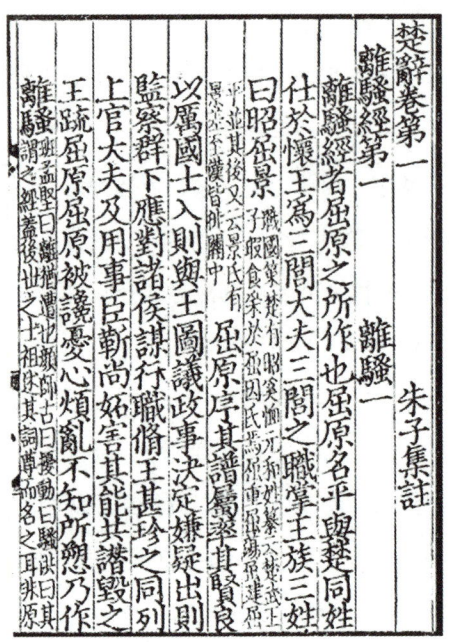

（南宋）朱熹《楚辞集注·离骚》(《古逸丛书》覆元刻本）书影

念的诗人，在面对贪婪无耻的党人以及难以改变的黑暗现实之时，如果随波逐流，则违背己愿；去国离乡，更于心不忍。何去何从？屈原以犹豫、缥缈的笔法，写出内心复杂却又坚定的波澜。《离骚》笔法瑰丽雄奇，逸响伟辞，卓绝一世。下文就谋篇、文势、言辞等方面分别论之。

首先，层层递进，虚实相生。《离骚》总体可分为两大段。前半段，回顾过往。从"帝高阳之苗裔兮"开始至"虽体解吾犹未变兮，岂余心之可惩"结束，皆是实写。后半段，求索未来，从"女媭之婵媛兮"开始至"吾将从彭咸之所居"结束，纯用幻笔。前半段，以"内美"为核心，依次展开。诗人写道：

> 纷吾既有此内美兮，又重之以修能。扈江离与辟芷兮，纫秋兰以为佩。汨余若将不及兮，恐年岁之不吾与。朝搴阰之木兰兮，夕揽洲之宿莽。日月忽其不淹兮，春与秋其代序。唯草木之零落兮，恐美人之迟暮。不抚壮而弃秽兮，何不改乎此度？乘骐骥以驰骋兮，来吾道夫先路！

此为《离骚》美恶交响的序曲，也可分为内美、伤时、弃秽几个层次，后文逐次展开叙述。诗篇围绕"美"，衍生出诸多关联语汇及话题，如"信美""蔽美""两美""委厥美""珵美"等，依次递进、反复申述，形成了回环往复的艺术效果,抒情主人公的高洁情志也由此展现出来。在叙述内美与修能之后,屈原回顾历史,正反对比,直言进谏,其内心非常急迫,却也异常清醒,他写道,"余固知謇謇之为患兮,忍而不能舍也。指九天以为正兮,夫惟灵修之故也",屈原"指天为正"与君主的"不察"以及诗人内心的"不舍"形成了强烈反差,内在情绪慢慢推向急切与愤懑。屈原希望君心急进于善,却"伤灵修之数化"。此后,诗人继续写道"芳与泽其杂糅兮,唯昭质其犹未亏。忽反顾以游目兮,将往观乎四荒",此句是对诗篇上半段的总结,也开

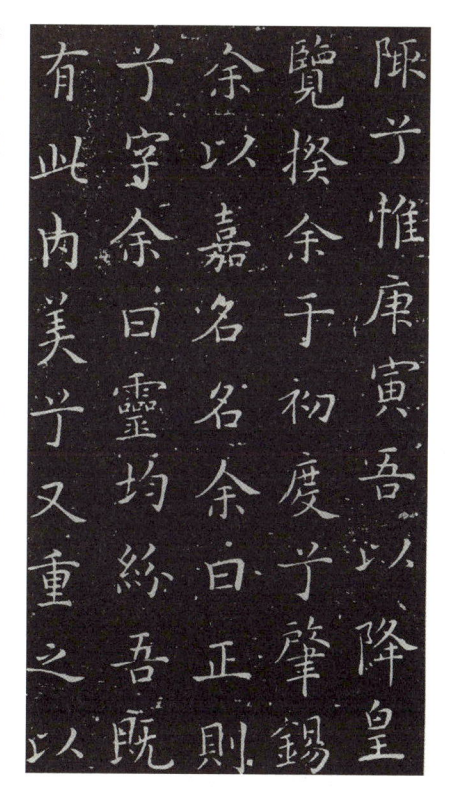

(唐)欧阳询书《离骚》(局部)

启下半段远游求索之序曲。末句"虽体解吾犹未变兮,岂余心之可惩",成为上半段的最强有力的宣言。至此,美与恶的交战暂时停息。

诗作下半段则是诗人面临复杂抉择时的内心独白,其表达方式奇幻而缥缈,复杂而又沉重。诗人以远游为核心,上下求索,寻求出路。更像是心灵远游的梦幻游记,通过女媭劝诫、就舜陈词、上扣天阍、下求佚女、灵氛占卜、巫咸降神等神幻场景,描绘出一幅幅奇幻缥缈的精神求索图卷:

> 吾令羲和弭节兮,望崦嵫而勿迫。路曼曼其修远兮,吾将上下而求索。饮余马于咸池兮,总余辔乎扶桑。折若木以拂日兮,聊逍遥以相羊。前望舒使先驱兮,后飞廉使奔属。鸾皇为余先戒兮,雷师告余

以未具。吾令凤鸟飞腾兮，继之以日夜。飘风屯其相离兮，帅云霓而来御。纷总总其离合兮，斑陆离其上下。吾令帝阍开关兮，倚阊阖而望予。时暧暧其将罢兮，结幽兰而延伫。世溷浊而不分兮，好蔽美而嫉妒。

诗人不断重复"吾令"的祈使话语，这或许和楚地的神巫文化有一定关联，也可理解为诗人内心的祈祷与追寻。这使得诗作更有象征性、更具浪漫色彩，同时也拓宽了诗人抒情的维度与力度。诗人的精神远游与灵魂絮语，往往在一段缥缈过后，又回到现实，例如此段以"世溷浊而不分兮，好蔽美而嫉妒"结尾。如此，则形成了虚实相生的艺术效果，加重了诗人内心的失落、孤独与无助感。

诗作后半段，诗人所表现的灵魂对话是复杂而多层次的，既有女媭对其不能太过刚直，而需明哲保身的劝诫；也有就舜陈词时，诗人坚定信念，发出"曾歔欷余郁邑兮，哀朕时之不当"的无限感慨。既有诗人苦无良媒、求女不得的失落感，也有灵氛占卜、巫咸降神之时，劝离楚国之际的一丝曙光与希望，还有"抑志而弭节兮，神高驰之邈邈。奏《九歌》而舞《韶》兮，聊假日以偷乐"的暂且自乐。诗人写道："陟升皇之赫戏兮，忽临睨夫旧乡。仆夫悲余马怀兮，蜷局顾而不行。"在上半段的美恶交战之后，在下半篇的内心求索之后，诗人却停下了马儿，放下了忧伤的笔触，一句"忽临睨夫旧乡"，将诗人从幻境中拉回现实。故乡，是屈原的心灵归宿，是他生命的皈依。

其次，承转有序，跌宕起伏。《离骚》看似行文没有法则，实际上随着其情绪起伏波动，诗作有波澜，有断续，时而紧密，时而跌宕。细读诗作，其承接处，气若游丝，笔断意连；其转折处，跌宕起伏，变化多端。屈原采用一些句型，将诗篇前后串联起来，读来既并列整齐，又如行云流水，气脉贯通。例如，诗作中，常用"既……又……""朝……夕……"等句型，将诗意前后联系起来。"朝发轫于苍梧兮，夕余至乎县圃。欲少留此灵琐兮,日忽忽其将暮",诗意随着这些句型慢慢展开,形成一种流动美。又如,"纷吾既有此内美兮,又重之以修能",语涉"内美"和"修能"两个方面,下文围绕这两点,依次展开。屈原还擅长用铺叙笔法,常常围绕一些核心话题,铺排漫衍,诗作气势及情韵由此显得更加充沛、更为深厚。如"进不入以离尤兮,退将复修吾初服",诗人在进退之间,徘徊不前。然而,"初服"究竟如何?下文连用几句来铺叙,"制芰荷以为衣兮,集芙蓉以为裳""高余冠之岌岌兮,长余佩之陆离",这为后人深入理解诗人情志提供了思路。汪瑗《楚辞集解》曰:"'初服',士服也。下文所言衣、裳、冠、佩之类是也。屈原恐进而遇祸,故退修初服也。……退将复修吾初服,谓芰荷之衣、芙蓉之裳,及高冠、长佩,乃未仕之初之所服者。"此处,"初服"有退隐以自修的象征意义,通过几句铺写,意义更加鲜明。又如,诗人写道:"忳郁邑余侘傺兮,吾独穷困乎此时也。""忳郁邑余侘傺兮"一句,引出下文,极写穷困之状,将诗人内心的抑郁不平之气倾泻而出。此外,在诗歌情节跳转之际,诗人还善于采用过渡句,将原本断开的意脉连接起来。尤其是诗篇下半部分,情节跳转的密度较高,诗作能够前后呼应,巧妙连接。如"灵氛占卜"与"巫咸降神"之间,诗人加入承接句"欲从灵氛之吉占兮,心犹豫而狐疑。巫咸将夕降兮,怀椒糈而要之"。如此,承上启下,意脉贯连。

《离骚》情感表达激切而曲折,诗人通过抑扬顿挫的言辞以及跌宕起伏的笔法,将其内心的矛盾、困惑、痛苦、不平充分展现出来。刘熙载《艺概》曰:"屈子之辞,沉痛常在转处。"翻开《离骚》,"岂""恐""忽""哀""怨""悔""反""固"等情绪浓烈的语词充满目下。诗作开始,诗人连用三个"恐"字,表达其内心深处的担忧。诗人奋笔疾书,"汩余若将不及兮,恐年岁之不吾与""唯草木之零落兮,恐美人之迟暮""岂余身之惮殃兮,恐皇舆之败绩"。就在如此时间紧迫、国家堪忧之际,诗人看到的却是"忽奔走以先后兮,及前王之踵武。荃不察余之中情兮，反信谗而齌怒"。诗人焦急的内心和黑暗的现实形成强烈对比，"忽奔走"成为徒劳，诗人的情绪也跌至谷底。值得注意的是，"忽"字在诗作中的运用较为巧妙，常常是诗人复杂情思的内转，是诗人浓烈情绪的突然呈现。在上下求索、巫咸降神之后，诗人驾飞龙、乘瑶车，自由翱翔于天地之间，或许，离开楚国是诗人超越苦闷的唯一途径。然而，诗人笔锋突转："陟升皇之赫戏兮，忽临睨夫旧乡。仆夫悲余马怀兮，蜷局顾而不行。"如此顿笔，将诗人对故国的无比依恋之情全盘托出。陈本礼《屈辞精义》曰："'忽'字正梦中惊醒时也。言仆马悲怀，则己之悲怀更不待言。"远游，就像大梦一场，正如理想一样，在残酷的现实面前脆弱不堪。诗人发出最后的告白："已矣哉！国无人莫我知兮，又何怀乎故都！既莫足与为美政兮，吾将从彭咸之所居！"末尾"已矣哉"三字，沉痛而警醒，孤独而悲壮！

再者，语词复沓，句式参差。《离骚》的句式和语词富于变化，时而复沓，时而错落，形成了一种不拘一格、变化无穷的艺术效果。这些句式与词语，随着诗人的内心波澜而舒卷，如山间溪流，时而奔腾，时而舒缓。例如，诗人对于流泪的叙写，随着情绪的展开，句法与词语相近却又变化多端。写到"虽不周于今之人兮，愿依彭咸之遗则"之时，诗人紧接着一句"长太息以掩涕兮，哀民生之多艰"，六七字为主的句式，加以"长太息以掩涕"的自我倾诉，宛如一曲低沉的大提琴曲，音符整齐，情绪低回，令人叹息。又如，"曾歔欷余郁邑兮，哀朕时之不当。揽茹蕙以掩涕兮，沾余襟之浪浪"，此处，同样类似乐曲的内心独白，"沾余襟之浪浪"一句，诗人已经情不能已，怅然涕下，泪湿衣襟。类似而复沓的语词，仿佛乐曲的重复乐句，起到了情绪反复、一唱三叹的艺术效果。如诗人对于时间、生死、莫我知等话题的叙写，反复而深沉。刘永济《屈赋音注详解》指出：《骚》辞屡提到死，如'九死''溘死''死直''危死'等词，皆坚持真理，不能降志从俗的誓词也。其辞旨朗丽，如皎日悬天。"如此反复而坚定的言辞，意味着义无反顾、一往无前的现实宣言。

《楚辞》积极吸收楚地方言入诗，句式灵活多变，语词丰富多样。例如："宁溘死以流亡兮，余不忍为此态也。鸷鸟之不群兮，自前世而固然。何方圜之能周兮，夫孰异道而相安？屈心而抑志兮，忍尤而攘诟。"五、六、七言杂用，形成了散文化又极具抒情性的句式结构。诗作中各类香草的名称，大多出自楚语，富有丰富的象征意味。此外，一些双声、叠韵词，如"冉冉""菲菲""相羊""逍遥"等词语的运用，使得诗作音韵和谐，朗朗上口。

　　刘勰《文心雕龙》曰："自《风》《雅》寝声，莫或抽绪，奇文郁起，其《离骚》哉！"《离骚》是继《诗经》之后的又一伟大作品，缠绵抑郁的情思、虚实相生的场景、变化多端的语词，使其成为文学史上经典的艺术杰作。

三、高洁情志，光耀后世

　　《离骚》作为屈原的代表作，共370多句，2 400余字，如此长篇的抒情诗，在中国古代诗歌史上亦属罕见。全诗如潇湘水云，时而汪洋浩荡，时而婉转低回，诗作结构紧严、思绪飞腾，诗人突破时空局限，沟通人世与仙境、过去与未来、历史与现实，塑造出瑰丽奇特的艺术形象。诗作通过托物比兴的手法，刻画出多种香草美人意象，其意蕴丰厚、情感真挚，寄寓着诗人高洁不屈的人格理想。全诗抒情言志、叙事明理，皆条达酣畅、直击人心；遣词造句、骈散用韵，皆出神入化、挥洒自如。诗人所展现出的精神力量，更是穿越千古，可与日月同辉。

　　司马迁《史记》曰："上称帝喾，下道齐桓，中述汤武，以刺世事。明道德之广崇，治乱之条贯，靡不毕见。其文约，其辞微，其志洁，其行廉。其称文小而其指极大，举类迩而见义远。其志洁，故其称物芳；其行廉，故死而不容自疏。"屈原洞察历史，反观现实，其志向高洁，行为清廉；诗句大多托物明志，情志高显。屈原明知无法改变现实，又遭遇不公，其心怨愤，其情急迫。然而，诗人不忍离去，徘徊无定，化为文辞，惊心动魄！其《怀沙》说："世混浊莫吾知，人心不可谓兮。知死不可让，愿勿爱兮。明告君子，吾将以为类兮。"屈原看透了世界，看透了人心，他生得伟岸，死得壮烈！王逸在《楚辞章句》中也称"今若屈原，膺忠贞之质，体清洁之性，直若砥矢，言若丹青，进不隐其谋，退不顾其命，此诚绝世之行，俊彦之英也"，诗人在进退之间、去留之际，徘徊而坚定，"不隐"正因内心坦荡，"不顾"皆由从容不迫。如此说来，"离骚"，又有何忧？只不过是一个坦荡灵魂的告别，化为两千余字的有力宣言！

《离骚》穿越两千余年的历史长河，和历代孤独的灵魂对话。后人阅读、理解《离骚》往往有不同角度，有的欣赏屈原的高洁情操，有的感叹士不遇，有的为其悲愤不平的文辞所打动，有的借此而上下求索……例如，西汉贾谊才高受贬，谪居长沙，经过湘水，追悼屈原，因而自喻，作《吊屈原赋》，司马迁将二者合传，作《屈原贾生列传》，可谓独具慧眼。陶渊明有感于知音难觅、才士不遇，作《感士不遇赋》，他写道："洁己清操之人，或没世以徒勤。故夷皓有'安归'之叹，三闾发'已矣'之哀。"又曰："感哲人之无偶，泪淋浪以洒袂。"或许，不仅仅是陶渊明自己眼泪淋浪，还是有感于屈原"揽茹蕙以掩涕兮，沾余襟之浪浪"之类的言辞。屈子写出了千古才士的不平心声，后人留下感同身受的泪水。"彷徨"，成了古今志士追求理想的代名词。千年以后，现代作家鲁迅先生发出回响，他在《彷徨》一书前面引用《离骚》诗句作为题词："朝发轫于苍梧兮，夕余至乎县圃。欲少留此灵琐兮，日忽忽其将暮。吾令羲和弭节兮，望崦嵫而勿迫。路漫漫其修远兮，吾将上下而求索。"鲁迅先生面临内忧外患的社会现实，其"彷徨"的声音与屈原易代同调，只不过其"呐喊"的力量更加响彻云霄。

在绘画、音乐等艺术作品中，《离骚》与屈原形象也不断被加工演绎。屈原作品及其形象成为历代画家热衷的文化母题，其中代表作品有李公麟

第二讲 光明与黑暗的交响——屈原《离骚》的情感波澜

的《九歌图》、陈洪绶的《屈子行吟图》等。依据《离骚》题材创作的画作以萧云从原绘、门应兆补绘的《离骚图》为代表，画家依文绘图，按照《离骚》内容分别绘制三十二幅图，画作依据诗作文本内容依次呈现，在博采诸家《离骚》注解的基础上，融入画家自己的理解，使得原来诗作文本更加具体可感、形象生动。例如，描绘屈原出生的场景，依据"摄提贞于孟陬兮，惟庚寅吾以降"，画家以屋顶积雪和墙角梅花暗示屈原出生的季节在冬季，以北斗七星象征其生于庚寅之日。又如诗人自叙"纷吾既有此内美兮，又重之以修能。扈江离与辟芷兮，纫秋兰以为佩"，画家据此刻画出浪漫忧郁、不懈求索的诗人形象，这与陈洪绶所画《屈子行吟图》中的形容枯槁的屈原形象有很大不同。《离骚图》依据诗作文本创作，同时又融入了明清文士对《离骚》及屈原形象的理解，文图对读，情境尽现，令人回味无穷。

《离骚》题材也是琴曲所热衷表现的主题，晚唐琴家陈康士依据《离骚》创作古琴曲，他"依《离骚》以次声"，此曲最初可能是依诗吟唱的形式，后被编成琴曲，共有九段，又经过后人加工，共有十八段。琴曲《离骚》被收入明代琴谱《神奇秘谱》中，经过现代著名琴家管平湖打谱演奏，成为经典

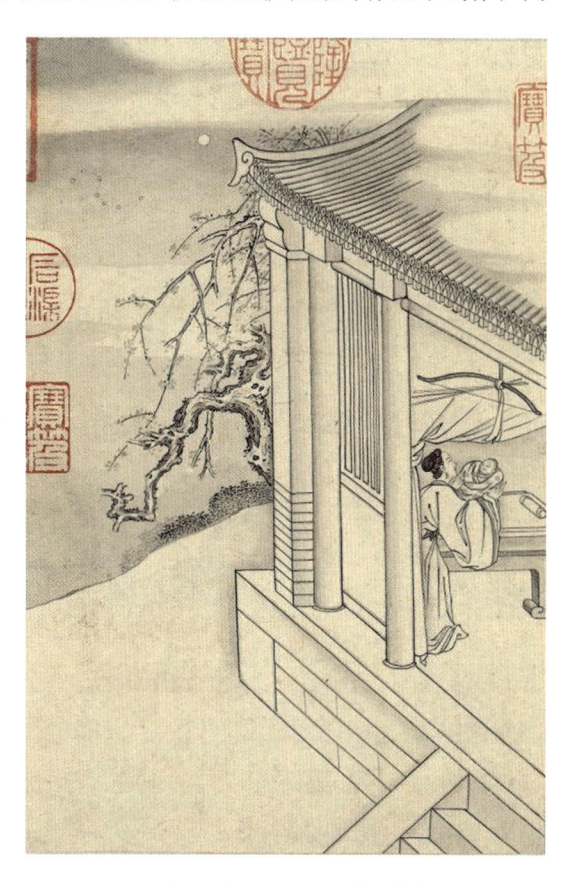

（明）萧云从原绘，（清）门应兆补绘《离骚图》（局部）

名曲。琴曲《离骚》音律悲壮、婉转深沉，形象展现出屈原的政治理想与现实遭遇，更可见其上下求索的不屈精神。《琴苑心传全编》评价此曲："芳草为伍，郁志秋江，名山摇落，伤心迟暮，人各有情，何能已已？弹此操一过，哀怨离愁，无端交集。"诗作《离骚》，原本情感跌宕、沉郁顿挫，而琴音中的诗人形象及其内在情思，更是丰富复杂，时而坚贞，时而刚毅，时而哀怨，时而飘逸。《神奇秘谱》版古琴曲《离骚》共分十八段，管平湖的打谱和演奏非常精彩，形象生动地展现出屈原的高尚人格。琴曲《离骚》分别依据诗作内容加以呈现。第一段为"叙"，管平湖以坚实空灵的泛音，表现诗人内美高洁的伟岸形象。第二段"灵均叙初"，音乐主题和慷慨情思逐渐展开。第三段"指天为正"、第四段"成言后悔"、第五段"长叹掩涕"、第六段"灵修浩荡"巧妙运用古琴指法技巧和音乐语言，展现出屈原激荡复杂的内心世界。第十段"埃风上征"，纯用泛音，音色铿锵有力、不断递进，表现诗人勇于抗争的精神力量。第十一段"宓妃结言"以下几段，多用对话语气，生动再现了诗人矛盾纠结的情绪。第十六段"兰芷不芳"，多用"滚拂"指法，将气势和情绪推向高潮，也刻画出诗人永不放弃的坚定信念。第十七段"远游自疏"、第十八段"临睨故乡"，抒情咏叹，写出诗人难以割舍、不忍去国的高远情志，此段曲调舒缓深沉、哀婉动人，呈现出孤寂绝望的悲痛情思。全曲采用凄凉调定弦，音调凄美，却不乏层层递进的力量，聆听此曲、扣人心弦，可以体察

(明)《神奇秘谱·离骚》(明刻本)书影

到屈原内心的复杂悸动，宏阔而悲壮。

黑暗的势力越是强大，愈发显示出光明的可贵。刘勰《文心雕龙·辨骚》指出"不有屈原，岂见《离骚》"，屈原不与世俗合污的独立人格、不断自修的高洁品性、不畏艰险的求索精神、锐意革新的美政思想，犹如黑暗中的光芒，宛如黑夜里的灯塔，在中华民族的历史长河中，光耀千载、熠熠生辉，指引着无数仁人志士，不断砥砺前行、奋勇抗争，为了理想和真理执着前进。

附：《楚辞》原文

屈原《离骚》

帝高阳之苗裔兮，朕皇考曰伯庸。摄提贞于孟陬兮，惟庚寅吾以降。皇览揆余初度兮，肇锡余以嘉名：名余曰正则兮，字余曰灵均。纷吾既有此内美兮，又重之以修能。扈江离与辟芷兮，纫秋兰以为佩。汩余若将不及兮，恐年岁之不吾与。朝搴阰之木兰兮，夕揽洲之宿莽。日月忽其不淹兮，春与秋其代序。唯草木之零落兮，恐美人之迟暮。不抚壮而弃秽兮，何不改乎此度？乘骐骥以驰骋兮，来吾道夫先路！

昔三后之纯粹兮，固众芳之所在。杂申椒与菌桂兮，岂惟纫夫蕙茞？彼尧舜之耿介兮，既遵道而得路。何桀纣之猖披兮，夫唯捷径以窘步。惟党人之偷乐兮，路幽昧以险隘。岂余身之惮殃兮，恐皇舆之败绩！忽奔走以先后兮，及前王之踵武。荃不察余之中情兮，反信谗而齌怒。余固知謇謇之为患兮，忍而不能舍也。指九天以为正兮，夫惟灵修之故也。曰黄昏以为期兮，羌中道而改路！初既与余成言兮，后悔遁而有他。余既不难夫离别兮，伤灵修之数化。

余既滋兰之九畹兮，又树蕙之百亩。畦留夷与揭车兮，杂杜衡与芳芷。冀枝叶之峻茂兮，愿竢时乎吾将刈。虽萎绝其亦何伤兮，哀众芳之芜秽。众皆竞进以贪婪兮，凭不厌乎求索。羌内恕己以量人兮，各兴心而嫉妒。忽驰骛以追逐兮，非余心之所急。老冉冉其将至兮，恐修名之不立。朝饮木兰之坠露兮，夕餐秋菊之落英。苟余情其信姱以练要兮，长顑颔亦何伤。揽木根以结茝兮，贯薜荔之落蕊。矫菌桂以纫蕙兮，索胡绳之纚纚。謇吾法夫前修兮，非世俗之所服。虽不周于今之人兮，愿依彭咸之遗则。

长太息以掩涕兮，哀民生之多艰。余虽好修姱以鞿羁兮，謇朝谇而夕替。既替余以蕙纕兮，又申之以揽茝。亦余心之所善兮，虽九死其犹未悔。怨灵修之浩荡兮，终不察夫民心。众女嫉余之蛾眉兮，谣诼谓余以善淫。固时俗之工巧兮，偭规矩而改错。背绳墨以追曲兮，竞周容以为度。忳郁邑余侘傺兮，吾独穷困乎此时也。

宁溘死以流亡兮，余不忍为此态也。鸷鸟之不群兮，自前世而固然。何方圜之能周兮，夫孰异道而相安？屈心而抑志兮，忍尤而攘诟。伏清白以死直兮，固前圣之所厚。悔相道之不察兮，延伫乎吾将反。回朕车以复路兮，及行迷之未远。步余马于兰皋兮，驰椒丘且焉止息。进不入以离尤兮，退将复修吾初服。制芰荷以为衣兮，集芙蓉以为裳。不吾知其亦已兮，苟余情其信芳。高余冠之岌岌兮，长余佩之陆离。芳与泽其杂糅兮，唯昭质其犹未亏。忽反顾以游目兮，将往观乎四荒。佩缤纷其繁饰兮，芳菲菲其弥章。民生各有所乐兮，余独好修以为常。虽体解吾犹未变兮，岂余心之可惩？

女媭之婵媛兮，申申其詈予，曰："鲧婞直以亡身兮，终然夭乎羽之野。汝何博謇而好修兮，纷独有此姱节？薋菉葹以盈室兮，判独离而不服。众不可户说兮，孰云察余之中情？世并举而好朋兮，夫何茕独而不予听？"

依前圣以节中兮，喟凭心而历兹。济沅湘以南征兮，就重华而陈词：启《九辩》与《九歌》兮，夏康娱以自纵。不顾难以图后兮，五子用失乎家巷。羿淫游以佚畋兮，又好射夫封狐。固乱流其鲜终兮，浞又贪夫厥家。浇身被服强圉兮，纵欲而不忍。日康娱而自忘兮，厥首用夫颠陨。夏桀之常违兮，乃遂焉而逢殃。后辛之菹醢兮，殷宗用而不长。汤禹俨而祗敬兮，周论道而莫差。举贤而授能兮，循绳墨而不颇。皇天无私阿兮，览民德焉错辅。

夫维圣哲以茂行兮，苟得用此下土。瞻前而顾后兮，相观民之计极。夫孰非义而可用兮，孰非善而可服？阽余身而危死兮，览余初其犹未悔。不量凿而正枘兮，固前修以菹醢。曾歔欷余郁邑兮，哀朕时之不当。揽茹蕙以掩涕兮，沾余襟之浪浪。

跪敷衽以陈辞兮，耿吾既得此中正。驷玉虬以乘鹥兮，溘埃风余上征。朝发轫于苍梧兮，夕余至乎县圃。欲少留此灵琐兮，日忽忽其将暮。吾令羲和弭节兮，望崦嵫而勿迫。路曼曼其修远兮，吾将上下而求索。饮余马于咸池兮，总余辔乎扶桑。折若木以拂日兮，聊逍遥以相羊。前望舒使先驱兮，后飞廉使奔属。鸾皇为余先戒兮，雷师告余以未具。吾令凤鸟飞腾兮，继之以日夜。飘风屯其相离兮，帅云霓而来御。纷总总其离合兮，斑陆离其上下。吾令帝阍开关兮，倚阊阖而望予。时暧暧其将罢兮，结幽兰而延伫。世溷浊而不分兮，好蔽美而嫉妒。

朝吾将济于白水兮，登阆风而绁马。忽反顾以流涕兮，哀高丘之无女。溘吾游此春宫兮，折琼枝以继佩。及荣华之未落兮，相下女之可诒。吾令丰隆乘云兮，求宓妃之所在。解佩纕以结言兮，吾令謇修以为理。纷总总其离合兮，忽纬繣其难迁。夕归次于穷石兮，朝濯发乎洧盘。保厥美以骄傲兮，日康娱以淫游。虽信美而无礼兮，来违弃而改求。

览相观于四极兮，周流乎天余乃下。望瑶台之偃蹇兮，见有娀之佚女。吾令鸩为媒兮，鸩告余以不好。雄鸠之鸣逝兮，余犹恶其佻巧。心犹豫而狐疑兮，欲自适而不可。凤皇既受诒兮，恐高辛之先我。欲远集而无所止兮，聊浮游以逍遥。及少康之未家兮，留有虞之二姚。理弱而媒拙兮，恐导言之不固。世溷浊而嫉贤兮，好蔽美而称恶。闺中既以邃远兮，哲王又不寤。怀朕情而不发兮，余焉能忍而与此终古！

索藑茅以筳篿兮，命灵氛为余占之。曰："两美其必合兮，孰信修而慕之？思九州之博大兮，岂唯是其有女？"曰："勉远逝而无狐疑兮，孰求美而释女？何所独无芳草兮，尔何怀乎故宇？"世幽昧以眩曜兮，孰云察余之善恶？民好恶其不同兮，惟此党人其独异！户服艾以盈要兮，谓幽兰其不可佩。览察草木其犹未得兮，岂珵美之能当？苏粪壤以充帏兮，谓申椒其不芳。欲从灵氛之吉占兮，心犹豫而狐疑。巫咸将夕降兮，怀椒糈而要之。百神翳其备降兮，九疑缤其并迎。皇剡剡其扬灵兮，告余以吉故。曰："勉升降以上下兮，求矩矱之所同。汤禹严而求合兮，挚咎繇而能调。苟中情其好修兮，又何必用夫行媒？说操筑于傅岩兮，武丁用而不疑。吕望之鼓刀兮，遭周文而得举。宁戚之讴歌兮，齐桓闻以该辅。及年岁之未晏兮，时亦犹其未央。恐鹈鴂之先鸣兮，使夫百草为之不芳。"何琼佩之偃蹇兮，众薆然而蔽之。惟此党人之不谅兮，恐嫉妒而折之。时缤纷其变易兮，又何可以淹留？兰芷变而不芳兮，荃蕙化而为茅。

何昔日之芳草兮，今直为此萧艾也？岂其有他故兮，莫好修之害也！余以兰为可恃兮，羌无实而容长。委厥美以从俗兮，苟得列乎众芳。椒专佞以慢慆兮，榝又欲充夫佩帏。既干进而务入兮，又何芳之能祗？固时俗之流从兮，又孰能无变化？览椒兰其若兹兮，又况揭车与江离？惟兹佩之可贵兮，委厥美而历兹。芳菲菲而难亏兮，芬至今犹未沬。和调度以自娱兮，聊浮游而求女。及余饰之方壮兮，周流观乎上下。

灵氛既告余以吉占兮，历吉日乎吾将行。折琼枝以为羞兮，精琼爢以为粻。为余驾飞龙兮，杂瑶象以为车。何离心之可同兮？吾将远逝以自疏。邅吾道夫昆仑兮，路修远以周流。扬云霓之晻蔼兮，鸣玉鸾之啾啾。朝发轫于天津兮，夕余至乎西极。凤皇翼其承旗兮，高翱翔之翼翼。忽吾行此流沙兮，遵赤水而容与。麾蛟龙使梁津兮，诏西皇使涉予。路修远以多艰兮，腾众车使径待。路不周以左转兮，指西海以为期。

屯余车其千乘兮，齐玉轪而并驰。驾八龙之婉婉兮，载云旗之委蛇。抑志而弭节兮，神高驰之邈邈。奏《九歌》而舞《韶》兮，聊假日以偷乐。陟升皇之赫戏兮，忽临睨夫旧乡。仆夫悲余马怀兮，蜷局顾而不行。

乱曰：已矣哉！国无人莫我知兮，又何怀乎故都？既莫足与为美政兮，吾将从彭咸之所居！

拓展阅读

贾谊《吊屈原赋》

谊为长沙王太傅，既以谪去，意不自得。及渡湘水，为赋以吊屈原。屈原，楚贤臣也。被谗放逐，作《离骚》赋，其终篇曰："已矣哉！国无人兮，莫我知也。"遂自投汨罗而死。谊追伤之，因自喻，其辞曰：

恭承嘉惠兮，俟罪长沙。侧闻屈原兮，自沉汨罗。造托湘流兮，敬吊先生。遭世罔极兮，乃殒厥身。呜呼哀哉！逢时不祥。鸾凤伏窜兮，鸱枭翱翔。阘茸尊显兮，谗谀得志；贤圣逆曳兮，方正倒植。世谓随、夷为溷兮，谓跖、蹻为廉；莫邪为钝兮，铅刀为铦。吁嗟默默，生之无故兮。斡弃周鼎，宝康瓠兮。腾驾罢牛，骖蹇驴兮；骥垂两耳，服盐车兮；章甫荐履，渐不可久兮；嗟苦先生，独离此咎兮。

讯曰：已矣！国其莫我知兮，独壹郁其谁语？凤漂漂其高逝兮，固自引而远去。袭九渊之神龙兮，沕深潜以自珍。偭蟂獭以隐处兮，夫岂从虾与蛭螾？所贵圣人之神德兮，远浊世而自藏。使骐骥可得系而羁兮，岂云异夫犬羊？般纷纷其离此尤兮，亦夫子之故也。历九州而相其君兮，何必怀此都也？凤皇翔于千仞兮，览德辉而下之。见细德之险征兮，遥曾击而去之。彼寻常之污渎兮，岂能容夫吞舟之巨鱼？横江湖之鳣鲸兮，固将制于蝼蚁。

第三讲

思念、理想、生死——《古诗十九首》的人生三重奏

《古诗十九首》最早由梁代昭明太子萧统收录在《昭明文选》中，这些诗作由此保存下来。古诗之古，不在于年代最悠久，而在于其古朴动人的艺术境界。古诗作品不著作者，时间难考，却并未湮没在大量的文学作品中，反而在时间的洪流中成为代代传颂的经典。刘勰称之为"五言之冠冕"，钟嵘在《诗品》中评曰"惊心动魄，可谓乎一字千金"，明代王世贞《艺苑卮言》将其誉为"千古五言之祖"。就艺术风格及写法而言，《古诗十九首》源于《诗经·国风》，又被乐府诗的创作笔法影响，古诗将民间歌谣和文人诗作完美融合，成为汉魏时期五言诗的典范之作，对诗歌发展有着深远影响。明代胡应麟《诗薮》评曰："蓄神奇于温厚，寓感怆于平和。意愈浅愈深，词愈近愈远。"以浅近的言辞、平和的口吻，道出感怆深切的怀抱，说出人类共通的情感，这正是古诗的艺术魅力所在。"人生天地间，忽如远行客"，品读《古诗十九首》，就是细细体味人世间的悲欢离合，由此探寻古人的心灵归途……

一、古诗眇邈，人世难详

　　关于《古诗十九首》的作者及写作年代，历来众说纷纭，回到《文选》文本本身，并关注李善及五臣注解，大体可以追溯源流、得其要领。经典文本的诸家注本有助于理解作品源流与意旨，是后世阅读及理解《文选》作品的重要源头。

　　关于《古诗十九首》的作者与时代，历来难以断定，《玉台新咏》题为"枚乘《杂诗》九首"（其中《兰若生春阳》一首《古诗十九首》未录）。《文选》"杂诗"类首篇收录《古诗十九首》，其题下李善注："并云古诗，盖不知作者，或云枚乘，疑不能明也。诗云：'驱马上东门。'又云：'游戏宛与洛。'此则辞兼东都，非尽是乘明矣。昭明以失其姓氏，故编在李陵之上。"李善对其中一些作品为枚乘所作的见解持保留态度，他引证相关诗句，指明其中言及东汉都城，因此认为"辞兼东都"，此种说法较为谨慎稳妥。

后世或据钟嵘《诗品》提及的部分诗歌为建安中曹植、王粲之作，强行认定《古诗十九首》为建安时期作品；或依元明之际刘履《选诗补注》所言"枚乘为吴王郎中时，讽谏不纳，遂去之梁，故托此以寓己志"，认为《玉台新咏》所录九首古诗皆为枚乘所作，并与史实强加比附。清代陈沆《诗比兴笺》延续此说："九首多出去吴之日，其谏隐。乃知屈原以前无《骚》，枚乘以前无五言。"此皆犹如刻舟求剑，反而容易背离经典注本之原意。不过，探寻诸多说法的渊源，可知其根脉所在，由此寻觅经典注解的延续、承袭与变异之径。

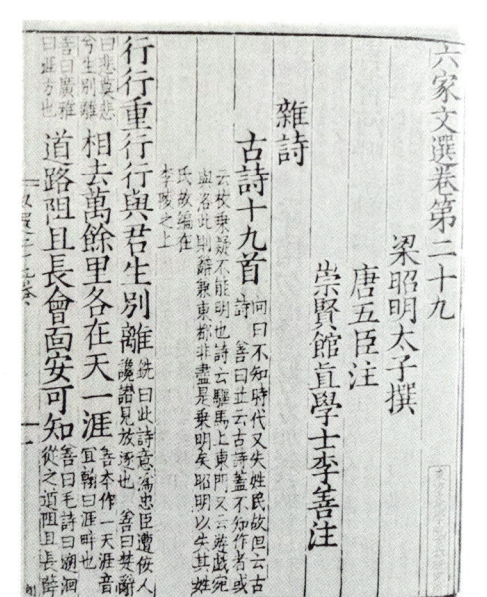

《六家文选·古诗十九首》（明嘉趣堂刊本）书影

任何经典作品皆非凭空产生，必有源流可寻。在《诗》《骚》产生之后，在汉乐府盛行之余，作为五言诗的典范，《古诗十九首》也有其文学源头。李善注通过征引《毛诗》《楚辞》以及古乐府诗等材料，揭示出汇集文人创作与乐府传统于一体的《古诗十九首》的艺术根源之所在，易于读者追本溯源、品味经典。《古诗十九首》多次巧妙化用《毛诗》语词，通过李善注可以概览其貌。以《行行重行行》为例，"道路阻且长，会面安可知"一句，李善注引《毛诗》曰："溯洄从之，道阻且长"，此与《毛诗》从之不得的意旨颇为相似。"胡马依北风，越鸟巢南枝"一句，李善注引《韩诗外传》曰:"《诗》曰:'代马依北风,飞鸟栖故巢。'皆不忘本之谓也。"此句诗汉代已经广为传颂,李善指出源流,并点明其"不忘本"的比喻义,对于探源及释义皆有帮助。钟嵘《诗品》认为古诗"其体源出于《国风》",李善注正可与之互证。"行行重行行,与君生别离"一句,李善注引《楚辞》曰:"悲莫悲兮生别离","生别离"一语,仿佛脱口而出,又有《楚辞》之根源,一个"生"字尤为见情。读者通过阅读原文及注解,进入《九歌·少司命》的凄美世界,转而又为古诗中的离愁别绪慨叹不已。

《古诗十九首》还积极吸收乐府诗句入诗,如"相去日已远,衣带日已缓"一句,李善注引《古乐府歌》曰"离家日趋远,衣带日趋缓",足见乐府民歌对文人诗歌创作的影响。"浮云蔽白日,游子不顾反"一句,李善注:"陆贾《新语》曰:'邪臣之蔽贤,犹浮云之障日月'。《古杨柳行》曰:'谗邪害公正,浮云蔽白日'。""浮云蔽白日"的比喻义,在汉代子书及乐府诗作中皆有较为一致的观点。李善据此释义:"浮云之蔽白日,以喻邪佞之毁忠良。故游子之行,不顾反也。"不过,李善仅仅就此句而论,并未将此诗主题扩大为广义的政治讽喻。李善注为读者指明了古诗的文学源流,更带领读者走进先秦《诗》《骚》、汉代乐府、汉代名赋等多维艺术境界,让读者重温经典、感怀诗韵,虽较少直接释义,而诗作内蕴已然尽显。

相较而言,《文选》五臣注长于诗句串讲和意旨阐发,尤其重挖掘诗作的托讽意蕴。因此古诗中的"君",常常被赋予君臣大义,就连夫妇别离、友人感怀,也被比附为君臣之义。如《行行重行行》一诗,张铣注云:"此诗意为忠臣遭佞人谗谮,见放逐也。"元明之际的刘履《选诗补注》曰:"贤者不得于君,退处遐远,思而不忍,故作是诗。"五臣注提出的"忠臣见弃"说,与汉儒解读《诗经》的政治比附颇为相似,后世反复提及,也不断沿袭。又如,《西北有高楼》其中"上有弦歌声,音响一何悲"一句,张铣注曰:"言楼上有弦歌。亡国之音一何悲也,谓不用贤,近不肖,而国将危亡,故悲之也。"此类解读重在强分比兴寄托之义,显得穿凿附会,诗作的艺术性被弱化。明清时期的《文选》评点者对此也不敢苟同,如方廷珪曰:"旧注作君暗,贤臣之言不用,殊难解。"虽然五臣注未必准确,但其解诗思路及视角对后世颇有影响,也为后人理解古诗的多元义旨奠定了基础。

萧统《文选》让《古诗十九首》得以完整保存,此后,李善注及五臣注为后人考察《古诗十九首》的写作年代及作者、艺术源流、比兴义旨等问题提供了参照。虽然古诗作者难定,质朴幽远,然其内在意蕴可谓大体明朗矣!

二、语短情长,意悲而远。

《古诗十九首》高妙之处,在于诗作平实无奇的言辞中蕴含着感人至深的情感力量,不着绮丽之语,无惊叹之词,也没有精雕细琢、画龙点睛的诗眼,乍看每一个字都朴实无华,组合在一起则浑融自然、难以句摘,只有置于整首诗中才觉得其意蕴丰厚,令人回味无穷。陆时雍《古诗镜》评价《古诗十九首》曰"深衷浅貌,语短长情",谭元春《古诗归》曰"温穆和平"。言浅意深,是古诗的显著特点。

古诗作者"浅浅寄言,深深道款",与其简单精练的语言相比,《古诗十九首》中的情感悠远缠绵。翻开《古诗十九首》,扑面而来的是淡淡的怅惘、绵绵的忧伤,诗人表达情绪并非呼天抢地,而是犹如一缕沉香,慢慢散开,伤痛、孤独弥漫在字句之中,笼罩在读诗人周边的空气中。平淡,却打动人心,源于真情。古诗是从诗人心底流出的诗句,书写的是人生最现实可感的哀愁。这种哀愁摆脱了狭隘视角,并非只属于一个人、一个时代,它是泛化的,跨越宇宙时空,引起人类的共鸣,因此具有强烈的感染力。

思念、理想、生死,这是人类诞生以来永恒的话题。陈祚明认为《古诗十九首》中的情思主要有两种：一种是"人情莫不思得志，而得志者有几""志不可得，而年命如流，谁不感慨"；另一种则是"人情于所爱，莫不欲终身相守，然谁不有别离""夫终身相守者不知有愁，亦复不知其乐。乍一别离，则此愁难已"。人生在世，事与愿违者多矣！得志失意，生离死别，无需咏叹，早已惆怅入怀。走进《古诗十九首》，品味汉末文士对人生恋曲的苦苦追寻，娓娓道来，而又刻骨铭心。

首先，述说男女相思之苦。

一类是思妇对游子的思念。在中国古代作品中，女性对男子的依恋之情往往表达得更加强烈，思妇题材也是重要文学主题。汉末文士很多游宦或行役在外，女性对于男子的思念之情更加笃厚。不过，因为受到传统道德观念的影响，女性对自己的情感较为克制，她们对爱恋之情的表达往往含而不露，大多"发乎情，止乎礼义"。如《行行重行行》：

> 行行重行行，与君生别离。相去万余里，各在天一涯。道路阻且长，会面安可知？胡马依北风，越鸟巢南枝。相去日已远，衣带日已缓。浮云蔽白日，游子不顾返。思君令人老，岁月忽已晚。弃捐勿复道，努力加餐饭。

此诗首句连用两个"行行"，再加一个"重"字，言行之不止，写出无限悠远的距离感，游子走上一条看不到尽头和终点的路途，留给女子无尽的思念与等待。屈原写过"悲莫悲兮生别离，乐莫乐兮新相知"，便道出了"生别离"之痛楚。"死别"失去念想，没有期待，只等着心上那缕火烛悠悠熄灭，但"生别"含有活生生被分离之意，其中有一种拉扯感、隔离感。诗中第二句极写空间之远。"各"字，是心灵的疏离，"涯"字，遥远没有边际。随后，道路既阻且长，更使相见无望，犹如"道阻且长"的伊人一样，难以寻觅。"会面安可知"，就连最低期许的会面，也似乎变得遥不可及。"胡马依北风，越鸟巢南枝"，李善注曰"皆不忘本之谓也",胡马和越鸟都知道有原本归宿,更何况人呢?"相去日已远,衣带日已缓",两个"日已",唱出了一曲无奈的离歌,一边是越来越远的空间阻隔,一边是为伊消得人憔悴的漫长等待。空间的阻隔,尚可寻求跨越,要是心灵的疏远呢?一句"游子不顾返",到底是为浮云所遮蔽,还是游子乐不思蜀呢?女主人公似乎是用埋怨的语气,唱出无可奈何的哀怨心曲,长期的希望几乎落空。"思君令人老,岁月忽已晚",岁月催人,相见无望,最好的年华空在思念中流逝,还有什么比这更令人悲痛呢?"老",并非"老冉冉而将至"的暮年之叹,而是芳华流逝的青春哀叹。"忽已",正如《离骚》中的情感突转,此处更是女子的猛然觉醒。就在情感越加强烈、悲伤难止之际,诗人话锋一转,"弃捐勿复道,努力加餐饭",悲而自知、伤而自止,一句自我宽慰的话将流荡的感情收了回来。努力加餐,聊待余生,又能如何?可是,远在万里的游子,能听到女子孤独的歌唱吗?

　　古诗中的女子忧思难诉,伤心徘徊。《明月何皎皎》中的思妇因月光触发相思,诗中写道"忧愁不能寐,揽衣起徘徊",女子徘徊辗转,只能屋内独自落泪,此情虽深切,但这种情感的表达始终含蓄而克制。"忧愁不能寐",成为后世王粲、阮籍等诗作中共通的情绪表达。又如,《凛凛岁云暮》中的女子思念良人,由"悲鸣""寒风"担心游子衣食,又害怕丈夫变心,思念入梦,梦醒成幻,无限惆怅,只能恨无晨风之翼追随远方良人,百无聊赖,深情至极。诗评者论曰:"虽情绪波折,感伤无奈,但未生怨怒,得敦厚之旨。"后人往往以"温柔敦厚"来言诗教之旨,却不知哀婉的言辞背后是孤苦无依的灵魂。

　　相比前代诗歌而言,《古诗十九首》中的一些女性敢于倾诉自己的苦楚,勇于表达内心的真实想法。《诗经》中有很多女性形象,像《硕人》《关雎》《静女》中的女性形象象征美好、纯洁,大多以男性视角表达对女性美的仰慕,缺少女性独特个性的闪光。《卫风·氓》则写了女子被男子无情抛弃的辛酸经历,然而,女子个性情感表达尚不多见。在《古诗十九首》中,女性的言辞虽然婉转,但可以真切感受到其忧伤、孤独、哀怨的情思。如《行行重行行》情感整体较为克制，诗中女子意识到思念对自身的消磨，身体和精神愈发憔悴，并自我宽慰和勉励"弃捐勿复道，努力加餐饭"，即使等待的男子久久不归，生活也不能就此枯萎。《青青河畔草》中写道"昔为倡家女，今为荡子妇。荡子行不归，空床难独守"，女子更是直白大胆地表露自己的寂寞难耐之情。《冉冉孤生竹》中有言："过时而不采，将随秋草萎。君亮执高节，贱妾亦何为！"青春或许像花朵一样枯萎，但女子发出誓言：如果对方坚持高洁的情操，自己也定会坚贞不渝。女子已经意识到两性之间行为的对等，即使"思君令人老"，双方也需坚守诺言，彼此挂念。古诗中的女子，她们孤独等待，却又情境不一，内心世界复杂而真实。

另一类是游子对妻子及家乡的思念。远行游子的忧伤之情与闺中思妇不尽相同，其中多了一份在异乡漂泊无依无靠的孤独感，思乡和怀内之情不可分割。游子孤身在外，得幸进者少，而失意向隅者多，唯有远方的家乡可以抚慰士子孤独失意的灵魂。不管显达还是落魄，故乡是永远包容自己的地方。而家乡之所以被牵挂，更是因为那是家人所在。如《涉江采芙蓉》：

涉江采芙蓉，兰泽多芳草。采之欲遗谁？所思在远道。还顾望旧乡，长路漫浩浩。同心而离居，忧伤以终老。

芙蓉和兰草皆是有美好寓意的植物，采集芳草、托物传情，《诗经》已开传统，如《郑风·溱洧》写道"维士与女，伊其相谑，赠之以芍药"。《楚辞》将其发展成为更为丰富的香草意象，如《山鬼》"折芳馨兮遗所思"、《湘君》"采芳洲兮杜若，将以遗兮下女"。《古诗十九首》继承此传统，游子怀人，采集芳草寄意传情，但是所思念的人在远方。"还顾望旧乡"，回头一望，是游子对家乡道不出的无限想念。这不同于《行行重行行》游子的"不顾返"，而是有家不可回、不能回的无奈。"漫浩浩"，有无边无际之感，极写故乡之遥远，产生相见遥遥无期之感。芳草容易凋谢，而相见无期，怎能不让人心生惆怅？两个心心相印的人分隔两地，只能在忧伤中老去。诗作哀婉的言语背后，或许是流离失所、有家难归的动荡时代的悲哀！

在古诗中，男女双方的思念之情并不完全相同。对思妇而言，远方漂泊不归的游子带给她们的更多是对爱情忠贞的怀疑以及年华易老的感慨；对游子来说，家乡和妻子带给他们的是一份温暖坚实的归属感，思念的煎熬中也多了一份慰藉感。"思君令人老"与"还顾望旧乡"形成两种相互交织的思念之歌，共同谱写出人世间"生别离"的无边苦痛。

其次，抒发理想失落之叹。

《古诗十九首》记录了汉末文士的心路历程，承载了才学之士对理想的追寻及幻灭感。汉末士人与宦官群体展开斗争，一批文士遭受迫害。党锢之祸杀害了一批以生命捍卫理想和正义的士人群体，士人逐渐失去对朝廷的向心力，与大一统政权疏离，加之汉末游学、游宦风气盛行，他们在深沉的悲哀中走向未知的远方。《古诗十九首》便是这种社会环境的产物，生逢乱世，命途多舛，原有的"立功、立德、立言"信念被打破，理想遭遇前所未有的失望和幻灭，士人开始对以往的生命价值提出质疑，重新审视儒家建立起来的价值评判标准，批判一切虚妄伪饰。尤其是下层士人仕进之路不再畅达，他们更敏锐地感受到自身的生存困境，对原有生命价值发出质疑，踏上寻找生命意义以及存在价值的漫漫征途，这也是《古诗十九首》弥漫着孤独、失意情绪的重要原因。

为了实现自身价值，处在下层的士人们表达了强烈的追求功名的愿望，他们希望在有限的生命中留下一丝印迹。例如，《回车驾言迈》的主人公在一片茫然之境中追问生命的意义：

回车驾言迈，悠悠涉长道。四顾何茫茫，东风摇百草。所遇无故物，焉得不速老。盛衰各有时，立身苦不早。人生非金石，岂能长寿考？奄忽随物化，荣名以为宝。

诗人在阳春之日踏上悠悠长道,"四顾何茫茫,东风摇百草",明明春日诗人却生出"旷而悲"的感情。诗人悲从何来?"所遇无故物,焉得不速老",自身的衰老和时光的流逝使诗人触目惊心,《世说新语》中记载,王孝伯以为古诗中此句最佳。"摇"字写出一种新旧交替的变幻感,诗人看到春风唤醒的百草,想到物可去故就新,人快速的衰老却无可挽回,生命的凋零感和幻灭感油然而生。"盛衰各有时,立身苦不早",盛衰有时,寿考无定,岁月徒然消弭,诗人唯恐功业不立,更似有沉痛的难言之隐,一个"苦"字,写出盛年已过,功业未成的失落感。"奄忽随物化,荣名以为宝",身随物化,以荣名为宝,其中也可能是诗人慨叹的愤词,充满着不得志之感。

在喧嚣和热闹的宴会之后,诗人独自清醒,更会体悟到短暂欢娱之后的孤寂之情。《今日良宴会》中诗人更直接地表白心迹:"人生寄一世,奄忽若飙尘。何不策高足,先据要路津。无为守穷贱,轗轲长苦辛。"在欢乐的宴会上,不遇的士人聆听音乐,悟出人生的真谛,并发出激愤的感

(东汉)歌舞宴乐画像砖拓片

慨：及早占据高位，才能掌握人生的主动权。李善将此篇中"齐心同所愿"句解释为"'所愿'为富贵"，正是抓住了诗人本意。然而，"所愿"往往如梦幻泡影，难以实现。

在寻求理想、追求功业的路途中，士人们还表现出对知己的渴求。如《西北有高楼》：

> 西北有高楼，上与浮云齐。交疏结绮窗，阿阁三重阶。上有弦歌声，音响一何悲！谁能为此曲，无乃杞梁妻。清商随风发，中曲正徘徊。一弹再三叹，慷慨有余哀。不惜歌者苦，但伤知音稀。愿为双鸿鹄，奋翅起高飞。

诗人以飞来之笔写楼的高耸、华美，营造出孤高脱俗的高寒之境，为下文曲高和寡的情景奠定基调。诗作接着由视觉到听觉，写音乐之悲，听曲者都是沦落失意之人。"慷慨"二字，《说文解字》释为"壮士不得志于心也"。不得志的诗人希望遇到懂得并赏识他的人，但是怎奈"歌者苦""知音稀"，最后只能发出化作"双鸿鹄"高飞的期盼。最后一句使全诗发出绚烂的光辉，迸发出向上的力量。全诗从"高楼"写起，以"高飞"收尾，首尾呼应，音调铿锵有力。马茂元在《古诗十九首初探》中说此诗"劈空而来""破空而去"。诗作写空中求慕，然而既无俦侣，只能徘徊自伤。陆时雍曰："抚中徘徊，四顾无侣，'不惜歌者苦，但伤知音稀'；'愿为双鸿鹄，奋翅起高飞'，空中送情，知是向谁？言之令人悱恻。"《文选》李善注曰："此篇明高才之士，仕宦未达，知人者稀也。"一个"稀"字，写出了"古来圣贤皆寂寞"的孤独感，这是汉末士人内心对知己的渴求。

此外，《明月皎夜光》则道出了期待的破灭，诗中写道："昔我同门友，高举振六翮。不念携手好，弃我如遗迹。"一些士子一旦富贵得势，便不再念及昔日贫贱之友的旧情，作者埋怨朋友"不相援引"，因生愤愤之慨："良无盘石固，虚名复何益！"在世俗利益面前，朋友情谊不堪一击,这是现实的势利与无情,令人痛心!怀才不遇的诗人们满心痛苦,内心孤独,希望遇到志趣相投的知己,希望遇到赏识自己的"伯乐",但是怎奈"世味年来薄似纱",功名之路日益遥远。在汉代取士制度下,尤其是汉末以来党争激烈,一般下层士子们之间的关系相对冷淡,如此不念旧好,似乎颇为平常。

在《古诗十九首》中,汉末士人的生命意识始终弥漫着失落感、迷茫感、绝望感,作为独立的、生命意识觉醒的个体,汉末士人们体会到理想失落、生命短暂的痛苦,却难以寻得出路。他们试图寻求生命的厚度,富贵难求,荣名难立,只能在有限的生命长度中徘徊无定,独自嗟叹。

再者,叙写生死契阔之悲。

"人生天地间,忽如远行客"。生命的价值何在?《古诗十九首》苦苦追问,这是对生命终极价值的理性而悲情的思考。不同于庄周鼓盆而歌,他看淡物化与生死,汉末士人却更加体悟到生命逝去之痛。瘟疫、饥荒、战乱肆虐,原本的价值观念失去现实意义,随之而来是自我生命意识的觉醒,霎时间,"人似乎发现自身生命的伟大存在和人类情感的崇高无比",于是汉末士人开始思考生命,关注死亡。更值得注意的是,汉末士人"以死亡之眼"关照并审视人生,以"向死而生"的态度对待生命,在此条件下,凡是能超越死亡虚无的行为便是有价值行为。

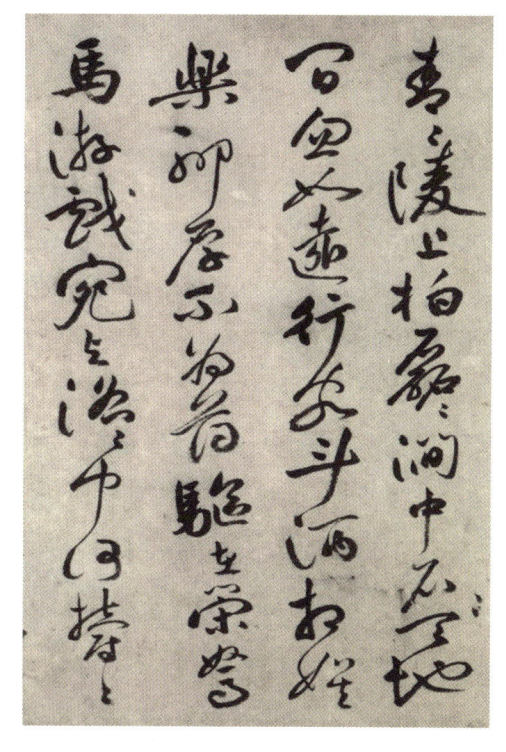

(明)祝允明书《青青陵上柏》(局部)

他们并未如庄子般用"吾丧我"来自我宽慰,而是更痛切地感受到"我"的存在,并且积极寻求缓解疼痛的办法。

翻开《古诗十九首》,诗人对时光易逝、生命短暂的恐惧随处可见,可谓惊心动魄!《驱车上东门》"浩浩阴阳移,年命如朝露。人生忽如寄,寿无金石固",《青青陵上柏》"人生天地间,忽如远行客",《今日良宴会》"人生寄一世,奄乎若飙尘",《回车驾言迈》"所遇无故物,焉得不速老"……这是动乱时代人们共同的悲哀,物的长久和生命的短暂构成强烈的对比,节序的变换刺激了诗人敏感的神经。既然不能回避,诗人们便开始去直面死亡,冷静地看待这一自然法则,以"向死而生"的态度直面现实。如《去者日以疏》:

> 去者日以疏,来者日以亲。出郭门直视,但见丘与坟。古墓犁为田,松柏摧为薪。白杨多悲风,萧萧愁杀人。思还故里闾,欲归道无因。

去疏,来亲,去来之间,万物更迭,使人感到时间的催迫,诗人出郭又直视坟墓,死亡的催逼真是无处不在。马茂元《古诗十九首初探》指出:"'但见'不仅是写坟冢累累,目无所见,而是说,没有例外地坟墓是人生的归宿。"存在似乎就是一场悲剧、一缕空幻,诗人以悲观、感伤的眼光看待周围的世界,古墓为田,松柏为薪,古墓、松柏都是相对长久的物象,却也经不住时光变迁,更何况是寿不过百的人呢?白杨悲风,营造出愁苦悲伤氛围和天地愁惨之状。诗人在无限悲愁中触动乡思,却欲归不得。其中的原因,作者没有具体道出,只是将悲愁、思乡、对生命的思索浑融为一体。作者冷静地体察到生命最终化为丘坟,却无法排遣由此带来的悲愁和面对死亡的无力感。此处,如实刻画生命的无助,也许就是最大的悲剧!

生命转瞬即逝,功业前途渺茫难测,来世又不可期,要如何疏解这种痛苦呢？精神层面的超越宣告失败，于是转而及时行乐，自我放纵。士人将注意力转向现世物质享乐，寻求片刻的麻醉，聊以忘忧。如《驱车上东门》：

> 驱车上东门，遥望郭北墓。白杨何萧萧，松柏夹广路。下有陈死人，杳杳即长暮。潜寐黄泉下，千载永不寤。浩浩阴阳移，年命如朝露。人生忽如寄，寿无金石固。万岁更相送，贤圣莫能度。服食求神仙，多为药所误。不如饮美酒，被服纨与素。

在《古诗十九首》中，这两篇顺序相连，内容相关，可以并读。《去者日以疏》写身临其境，由死亡陷入无限愁惨的意绪。《驱车上东门》写遥望坟墓，由死者念及生者，最后落脚在现实人生，努力求得解脱。诗人仿佛架起一个长镜头，以上帝视角平静地俯视尘世，目睹的却是白杨萧萧、生如朝露。《驱车上东门》后四句写出诗人对待生死的态度，他清醒地认识到服药求仙以追求长生不可实现，最后于无奈处寻解脱，"服食求神仙，多为药所误。不如饮美酒，被服纨与素"。"不如"二字，写出了一种不得已的抉择。这当然也可以理解为下层文人不得志的牢骚之语，正如陈祚明所解："悲夫，古今唯此失志之感，不得已而托之名，托之神仙，托之饮酒……有所托以自解者，其不解弥深。"无法消解，却又故作逍遥，这正是人生的艰苦抉择。《生年不满百》写道"昼短苦夜长，何不秉烛游？为乐当及时，何能待来兹"，更是直接地劝诫世人：未来不可期，今朝且为乐。美酒，秉烛夜游，可能换来另一番"不惜歌者苦，但伤知音稀"的慨叹，人生或许就是在乐与悲中无限徘徊。

三、清音独远，拟作代出

《古诗十九首》，清音独远，继作不断，古诗在语言、内涵、情感抒发上都散发出特有的艺术魅力，成为后世五言诗的典范之作。《古诗十九首》的语言平实自然，王国维论曰："写情如此，方为不隔。"古诗意蕴质朴醇厚，亲切可感，既含蓄蕴藉又能抒发真情实感。古诗之所以能经久不衰，是因为其主题具有永恒意义，汉末士人的苦与乐，凝结着爱情的欢笑与泪水，还有理想的光芒与陨落，生的欢愉和死的焦虑。这些都是人之常情，足以千古同慨。正如陈祚明所言："《十九首》所以为千古至文者，以能言人同有之情也。"

后人从诗教与格调等层面讨论《古诗十九首》的艺术内蕴。如刘勰《文心雕龙》评价古诗"婉转附物，怊怅切情"，钟嵘《诗品》评曰，"文温以丽，意悲而远"，二者的高度评价产生了较大影响，后世很多诗话著作沿此思路继续补充发挥。在《文选》注解及评点著作中，关于古诗意旨及艺术特征的解读也有不少。与五臣注解读《古诗十九首》侧重政治讽喻相比，明清时期的《文选》评点著作较为重视挖掘其中的"风人旨趣"，其旨趣正是和《诗经》的现实关怀同调。如方廷珪评《行行重行行》曰："顿挫绵邈，真得风人之旨。"一方面，明清文士所强调的"风人之旨"肯定《古诗十九首》继承了诗骚作品中比兴寄托的诗教传统，因此在阐释诗作意旨时，会依循五臣注的君臣之义。另一方面，明清文士更加意识到古诗的深层情感内蕴与高妙艺术手法，因此注重从"神韵""格调""意脉"等角度解读诗作。明清文士强化了《古诗十九首》"五言之冠冕"的地位，方廷珪《昭明文选集成》直接将《古诗十九首》列入诗类之首："《骚》为赋之祖，在《十九首》为诗之祖。昭明旧列之二十九卷，先后殊属倒置，今改订于此。"如此重新编排，虽然受到一些学者诟病，然亦反映其推崇《古诗十九首》的主观意图。

清代《古诗十九首》注本层出不穷（可参见隋树森辑《古诗十九首集释》），可知其作为汉魏诗作典范，对清代诗学影响较大。如沈德潜曰："西京古诗皆在其下，是为《国风》之遗。"邵晋涵批曰："大抵原本《国风》，而文以《离骚》之神韵，故含情深婉，而姿态万变，令读者游思而荡神也。"于光华评曰:"比兴意多,文情更深厚,此风人嫡派。"此皆指明古诗秉承诗骚的比兴寄托传统,而且情思深婉,足以涤荡人心。儒家诗教观强调"温柔敦厚""哀而不伤"之类的现实讽喻功效,此在《文选》评点中也有体现。如《行行重行行》,邵子湘评曰:"怨而不怒,见于'加餐'一结,忠信见疑,往往如此。"又如邵曰:"忘其弃捐而努力以加餐,得风人忠厚之遗。"此类解读正是儒家诗教观的反映。

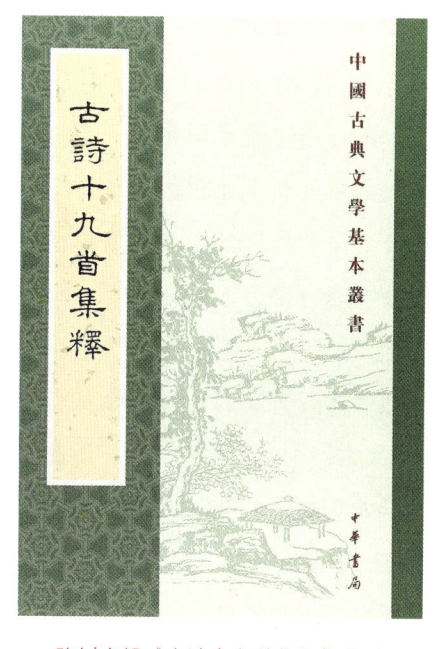

隋树森辑《古诗十九首集释》书影

不过,明清文士也有一些不盲从五臣注者,如孙月峰评《西北有高楼》曰:"旧注作君暗贤臣之言不用,殊难解。"孙月峰更加重视诗歌艺术格调的探索。《古诗十九首》虽然总体风格"温丽",然每首风格不尽相同,需要细读品析。孙月峰评《古诗》尤重"调",实是从"格调"入手,细微辨析诗作的风格特征。如《今日良宴会》一诗,孙月峰评曰:"造语极古淡,然却有雅味,此等调最不易学。"此类古淡雅致的文人诗格调不易学,后世作品或质朴而不够雅致,如阮瑀诗作,或雅而繁缛,如陆机作品,所谓"文质彬彬"的作品实在难得。《西北有高楼》一诗,音调铿锵,发语悲凉,孙月峰评曰:"思远而调响,苍古中有疏快,绝堪讽咏。"所谓"调响"和"苍古",既是诗作的音乐特征,又是风格特点,此处品读准确精到。《冉冉孤生竹》一诗,比兴寄托、婉转动人,孙评曰:"意直而调婉,悠然可念。"此诗意蕴直白,然词调哀婉,诚可吟诵。《回车驾言迈》孙评曰:"是凄恻调,亦以率真胜。'无故物'二句是独至句语,王孝伯赏之,良有以也。""所遇无故物,焉得不速老",毫无修饰、脱口而出,不正如魏晋名士率真的个性追求吗?《去者日以疏》孙评曰:"失意悠悠,不觉百感聚集。羁旅廓落,怀此首丘。若富贵而思故乡,不若是之语悴而情悲也。……'白杨'两语,有无限悲哀,调更浑妙。"所谓"调更浑妙",是指诗作情感表达浑然天成,因而动人心魄。《孟冬寒气至》孙评曰:"总是险劲调,盖公干、太冲所自出。"此诗发语精绝,用字巧妙,风格险劲,故与后世刘桢、左思一路诗风颇为相似。孙月峰还有一些评语未提"调",而用"清切""古淡""冲淡""遒劲"等语,皆巧妙融会宋明时期诗话的话语方式,令读者体悟到《古诗十九首》的多元艺术魅力,由此涵泳不辍。

《古诗十九首》作为五言诗的一座丰碑,为历代文人所钟情,很多诗人自觉吸收其中养分。汉魏六朝时期,文士对于《古诗十九首》的研习及模拟之作层出不穷,古诗由此成为五言诗体之典范。建安和正始时期,学习并化用古诗的作品已有不少。曹丕、曹植诗风整体清丽婉转,不失古诗本色,很多诗都直接脱胎于《古诗十九首》。其中有对《古诗十九首》语句的模仿,还有对《古诗十九首》诗意的化用。例如,曹丕"与君结新婚,宿昔当别离"诗句出自《冉冉孤生竹》"与君为新婚"与《行行重行行》的"与君生别离","辗转不能寐,披衣起彷徨"出自古诗《明月何皎皎》"忧愁不能寐,揽衣起徘徊",等等。曹植诗如"愿为比翼鸟,施翮起高翔"出自古诗《西北有高楼》,"人生不满百,戚戚少欢娱"出自古诗《生年不满百》"生年不满百,常怀千岁忧",诸如此类者颇多。二者在体裁内容上也借鉴古诗,多游子之歌和思妇之辞。如曹丕的《燕歌行》,通篇以思妇的口吻,抒发了对远方游子的无限思念,自然委婉、缠绵含蓄的情感也和《古诗十九首》相类。文人化的细腻表达兼以民间诗歌的真率自然,也是二曹诗歌和《古诗十九首》共同的闪光之处。

西晋陆机学习《古诗十九首》的主要作品是《拟古诗十二首》。纵观陆机拟诗,篇章结构多沿袭原作,题旨也去古诗不远,其创新处在于能造新语,语言更加绮丽,文人色彩更浓重,但不少地方能看到雕琢刻镂之痕。如《拟青青河畔草》:

靡靡江蓠草，熠熠生河侧。皎皎彼姝女，阿那当轩织。粲粲妖容姿，灼灼华美色。良人游不归，偏栖独只翼。空房来悲风，中夜起叹息。

此诗叠字连用遵循原诗，结构层次和原作无二，题旨作意也和原作如出一辙，但是在诗句的遣词用语上更加华美，江边的草"熠熠"生在河侧，就连诗中的女主人公都美得妖冶，"粲粲容姿""灼灼美色"，比之原作女主人公"娥娥红粉妆"的清新艳丽，美得让人目眩，这和陆机崇尚华美雕饰的诗风不无关系。清人贺贻孙《诗筏》曰："陆士衡拟古，将古人机轴语意，自起至讫，句句蹈袭，然去古人神思远矣。"此说不免偏激，完全抹杀了陆机的艺术独创性，但是也切中陆机拟诗要害。当然，陆机拟古诗也不乏佳构。《拟明月何皎皎》中的起句"安寝北堂上，明月入我牖。照之有余晖，揽之不盈手"写景尤妙，工巧处超过古诗，作者更将游宦思乡之情融入其中，与原作朋友相弃的主题已有不同。

陶渊明的诗作不能简单来说是学某家、某类诗歌，而是兼采众长，浑融圆通之后自成一家，其深得《古诗十九首》滋润是无疑的，陶诗古朴自然的语言风貌与《古诗十九首》相近，娓娓道来，自抒怀抱，一些语句也不时闪过《古诗十九首》的影子，主题上也同《古诗十九首》一样关注生命和死亡。但是，"渊明拟古，是用古人格作自家诗"。他不是对《古诗十九首》亦步亦趋的模仿，而得其风貌气质。如陶渊明《拟古（其一）》：

荣荣窗下兰，密密堂前柳。初与君别时，不谓行当久。出门万里客，中道逢嘉友。未言心未醉，不在接杯酒。兰枯柳亦衰，遂令此言负。多谢诸少年，相知不忠厚。意气倾人命，离隔复何有？

诗作的前两句起兴发端，以叠字开头，很明显是模拟《青青河畔草》风格，但是全诗一变"荡子妇"口吻，自抒怀抱，写朋友相别、相念、相背之情。"兰枯柳衰"写时光流转，时过境迁，埋怨朋友中道结新友而忘旧友，朴实隽永的语言，不加矫饰，却真情毕现。陶渊明《拟挽歌》写死后的可怖情形也明显受与《古诗十九首》中《驱车上东门》启发，都借白杨意象渲染悲愁氛围，想象人死后的情景，进而发出生命有限的慨叹。

及至唐代，诗歌史上的双峰李杜也受到《古诗十九首》的影响。李白《拟古二十首》其二从《西北有高楼》脱胎而出，意境格调相似，其中"愿逢同心者，飞作紫鸳鸯"与《西北有高楼》"愿为双鸿鹄，振翅起高飞"殊途同归。又如，其《古风（其二十七）》从《东城高且长》化出。杜甫取意于《冉冉孤生竹》创作《新婚别》，借用原诗意象，"菟丝"比作思妇，"女萝"比作游子，题材同是写新婚离愁，作意却全然不同，《冉冉孤生竹》纯写思妇个体不幸，《新婚别》却由一对夫妻勾勒出安史之乱时整个国家创伤。到明清之际，复古之风甚炙，《古诗十九首》研习的热潮高涨，何景明、王夫之等人都有专门的拟《古诗十九首》创作，此时段对《古诗十九首》的评点更是层出不穷。

《古诗十九首》自问世以来，历代文人无不拾其兰蕙，而对《古诗十九首》的接受、模仿，既是对其笔法及内蕴重构的过程，也加快了其经典化进程。《古诗十九首》以其巨大的艺术魅力清音独远、垂范后世。历代文士对古诗体式及艺术风格的认同，也反映出古代诗人不断研习经典、提高诗艺的主观追求，更是对思念、理想、生死话题的重复咏叹。《古诗十九首》作为五言诗先驱的典范意义不断被强化，原作与拟作皆成为靓丽的风景，引领世人回望东都、品味古诗。

附：《古诗十九首》原文

《行行重行行》

行行重行行，与君生别离。相去万余里，各在天一涯。道路阻且长，会面安可知？胡马依北风，越鸟巢南枝。相去日已远，衣带日已缓。浮云蔽白日，游子不顾反。思君令人老，岁月忽已晚。弃捐勿复道，努力加餐饭。

《青青河畔草》

青青河畔草，郁郁园中柳。盈盈楼上女，皎皎当窗牖。娥娥红粉妆，纤纤出素手。昔为倡家女，今为荡子妇。荡子行不归，空床难独守。

《青青陵上柏》

青青陵上柏，磊磊涧中石。人生天地间，忽如远行客。斗酒相娱乐，聊厚不为薄。驱车策驽马，游戏宛与洛。洛中何郁郁，冠带自相索。长衢罗夹巷，王侯多第宅。两宫遥相望，双阙百余尺。极宴娱心意，戚戚何所迫。

《今日良宴会》

今日良宴会，欢乐难具陈。弹筝奋逸响，新声妙入神。令德唱高言，识曲听其真。齐心同所愿，含意俱未申。人生寄一世，奄忽若飙尘。何不策高足，先据要路津。无为守穷贱，轗轲长苦辛。

《西北有高楼》

西北有高楼，上与浮云齐。交疏结绮窗，阿阁三重阶。上有弦歌声，音响一何悲！谁能为此曲，无乃杞梁妻。清商随风发，中曲正徘徊。一弹再三叹，慷慨有余哀。不惜歌者苦，但伤知音稀。愿为双鸿鹄，奋翅起高飞。

《涉江采芙蓉》

涉江采芙蓉，兰泽多芳草。采之欲遗谁，所思在远道。还顾望旧乡，长路漫浩浩。同心而离居，忧伤以终老。

《明月皎夜光》

明月皎夜光，促织鸣东壁。玉衡指孟冬，众星何历历。白露沾野草，时节忽复易。秋蝉鸣树间，玄鸟逝安适。昔我同门友，高举振六翮。不念携手好，弃我如遗迹。南箕北有斗，牵牛不负轭。良无磐石固，虚名复何益。

《冉冉孤生竹》

冉冉孤生竹，结根泰山阿。与君为新婚，菟丝附女萝。菟丝生有时，夫妇会有宜。千里远结婚，悠悠隔山陂。思君令人老，轩车来何迟！伤彼蕙兰花，含英扬光辉。过时而不采，将随秋草萎。君亮执高节，贱妾亦何为！

《庭中有奇树》

庭中有奇树，绿叶发华滋。攀条折其荣，将以遗所思。馨香盈怀袖，路远莫致之。此物何足贵，但感别经时。

《迢迢牵牛星》

迢迢牵牛星，皎皎河汉女。纤纤擢素手，札札弄机杼。终日不成章，泣涕零如雨。河汉清且浅，相去复几许。盈盈一水间，脉脉不得语。

《回车驾言迈》

回车驾言迈,悠悠涉长道。四顾何茫茫,东风摇百草。所遇无故物,焉得不速老。盛衰各有时,立身苦不早。人生非金石,岂能长寿考。奄忽随物化,荣名以为宝。

《东城高且长》

东城高且长,逶迤自相属。回风动地起,秋草萋已绿。四时更变化,岁暮一何速!晨风怀苦心,蟋蟀伤局促。荡涤放情志,何为自结束!燕赵多佳人,美者颜如玉。被服罗裳衣,当户理清曲。音响一何悲!弦急知柱促。驰情整巾带,沉吟聊踯躅。思为双飞燕,衔泥巢君屋。

《驱车上东门》

驱车上东门,遥望郭北墓。白杨何萧萧,松柏夹广路。下有陈死人,杳杳即长暮。潜寐黄泉下,千载永不寤。浩浩阴阳移,年命如朝露。人生忽如寄,寿无金石固。万岁更相送,贤圣莫能度。服食求神仙,多为药所误。不如饮美酒,被服纨与素。

《去者日以疏》

去者日以疏,生者日以亲。出郭门直视,但见丘与坟。古墓犁为田,松柏摧为薪。白杨多悲风,萧萧愁杀人。思还故里闾,欲归道无因。

《生年不满百》

生年不满百,常怀千岁忧。昼短苦夜长,何不秉烛游!为乐当及时,何能待来兹。愚者爱惜费，但为后世嗤。仙人王子乔，难可与等期。

《凛凛岁云暮》

凛凛岁云暮，蝼蛄夕鸣悲。凉风率已厉，游子寒无衣。锦衾遗洛浦，同袍与我违。独宿累长夜，梦想见容辉。良人惟古欢，枉驾惠前绥。愿得常巧笑，携手同车归。既来不须臾，又不处重闱。亮无晨风翼，焉能凌风飞？眄睐以适意，引领遥相睎。徒倚怀感伤，垂涕沾双扉。

《孟冬寒气至》

孟冬寒气至，北风何惨栗。愁多知夜长，仰观众星列。三五明月满，四五蟾兔缺。客从远方来，遗我一书札。上言长相思，下言久离别。置书怀袖中，三岁字不灭。一心抱区区，惧君不识察。

《客从远方来》

客从远方来，遗我一端绮。相去万余里，故人心尚尔。文彩双鸳鸯，裁为合欢被。著以长相思，缘以结不解。以胶投漆中，谁能别离此。

《明月何皎皎》

明月何皎皎，照我罗床帏。忧愁不能寐，揽衣起徘徊。客行虽云乐，不如早旋归。出户独彷徨，愁思当告谁！引领还入房，泪下沾裳衣。

拓展阅读：《古诗十九首》拟诗佳作

曹丕《于清河见挽船士新婚与妻别》

与君结新婚，宿昔当别离。
凉风动秋草，蟋蟀鸣相随。
冽冽寒蝉吟，蝉吟抱枯枝。
枯枝时飞扬，身体忽迁移。
不悲身迁移，但惜岁月驰。
岁月无穷极，会合安可知。
愿为双黄鹄，比翼戏清池。

曹植《七哀诗》

明月照高楼，流光正徘徊。
上有愁思妇，悲叹有余哀。
借问叹者谁，言是宕子妻。
君行逾十年，孤妾常独栖。
君若清路尘，妾若浊水泥。
浮沉各异势，会合何时谐？
愿为西南风，长逝入君怀。
君怀良不开，贱妾当何依。

陆机《拟东城一何高》

西山何其峻，层曲郁崔嵬。

零露弥天坠，蕙叶凭林衰。
寒暑相因袭，时逝忽如颓。
三闾结飞辔，大耋嗟落晖。
曷为牵世务，中心若有违。
京洛多妖丽，玉颜侔琼蕤。
闲夜抚鸣琴，惠音清且悲。
长歌赴促节，哀响逐高徽。
一唱万夫叹，再唱梁尘飞。
思为河曲鸟，双游沣水湄。

陆机《拟青青陵上柏》

冉冉高陵蘋，习习随风翰。
人生当几时，譬彼浊水澜。
戚戚多滞念，置酒宴所欢。
方驾振飞辔，远游入长安。
名都一何绮，城阙郁盘桓。
飞阁缨虹带，层台冒云冠。
高门罗北阙，甲第椒与兰。
侠客控绝景，都人骖玉轩。
遂游放情愿，慷慨为谁叹。

陶渊明《拟古九首（其四）》

迢迢百尺楼，分明望四荒。
暮作归云宅，朝为飞鸟堂。
山河满目中，平原独茫茫。

古时功名士，慷慨争此场。
一旦百岁后，相与还北邙。
松柏为人伐，高坟互低昂。
颓基无遗主，游魂在何方？
荣华诚足贵，亦复可怜伤！

鲍照《拟青青陵上柏》

涓涓乱江泉，绵绵横海烟。
浮生旅昭世，空事叹华年。
书翰幸闲暇，我酌子萦弦。
飞镳出荆路，骛服指秦川。
渭滨富皇居，鳞馆匝河山。
舆童唱秉椒，棹女歌采莲。
孚愉鸾阁上，窈窕凤楹前。
娱生信非谬，安用求多贤。

鲍令晖《拟青青河畔草》

袅袅临窗竹，蔼蔼垂门桐。
灼灼青轩女，泠泠高台中。
明志逸秋霜，玉颜艳春红。
人生谁不别，恨君早从戎。
鸣弦惭夜月，绀黛羞春风。

李白《拟古十二首（其二）》

高楼入青天，下有白玉堂。

明月看欲堕，当窗悬清光。

遥夜一美人，罗衣沾秋霜。

含情弄柔瑟，弹作陌上桑。

弦声何激烈，风卷绕飞梁。

行人皆踟蹰，栖鸟起回翔。

但写妾意苦，莫辞此曲伤。

愿逢同心者，飞作紫鸳鸯。

何景明《拟古诗十八首（其一）》

冉冉岁逾迈，念君长别离。

别离在万里，道远行不归。

鹈鹕慕俦匹，鸾鸟东西飞。

思展双羽翼，奋起凌天涯。

向风长哀吟，欲举中徘徊。

川途浩无轨，霜雪怆以悲。

愿因驻驰景，得觐君光仪。

王夫之《拟古诗十九首（其六）》

日南有归客，问讯珊瑚枝。

海水深不测，飘零无反时。

相见既无端，相忆无与知。

唯持憔悴心，毕命以为期。

第四讲

乱离时世的女性悲歌——蔡文姬及其《悲愤诗》

或许，你曾听说过"文姬归汉"的故事；也许，你曾聆听过《胡笳十八拍》的旋律；再或者，你只知道历史上的才女以李清照最为知名，对于下文中的人物所知无几。当我们穿越历史的尘埃，将目光聚焦到建安时代，我们关注战乱、杀戮以及人世无常，就无法忽略有一个时代曾经慷慨悲歌过，有这样一位女子曾经存在过，有这样一组诗篇曾经流传过……或许，读完之后，你也会被打动！或许，在生命的洪流中，你也曾痛苦与失落，请放声哭泣，然后忘记，请不要追忆！

一、出身名门，才华横溢

她，或许不是最耀眼的明星，只是万千尘世女子中的匆匆过客，然而，芸芸众生中的普通一员往往更具有普遍意义。她承受着如此沉重的凄惨磨难，化作《悲愤诗》的一声长叹，诗篇足以让后人铭记这位女性。她是一位出身名门的大家闺秀，一位才华横溢的女子，一生三次改嫁、命运多舛的妇人，更是一位用生命的血泪谱写了汉末乱离悲歌的母亲。她没有杜甫悲天悯人的伟大与崇高，她只是用敏感而朴实的笔触记录了自己的人生体验，没有任何矫饰和造作，唯有深层的感叹与真诚。她，就是汉末女子蔡琰，字文姬。

蔡文姬的故事一直在中华文化的长河中流传不息。"文姬归汉"的话题，在《后汉书·列女传》中传写过，在琴曲《胡笳十八拍》的清音中演绎过，在陈居中的《文姬归汉图》里呈现过……蔡文姬甚至成为"王者荣耀"的游戏角色，成为当下青年朋友们喜爱的文化娱乐方式。然而，蔡文姬和她的《悲愤诗》，似乎被忽视和遗忘了很久，历来学者更多关注于诗作《胡笳十八拍》的真伪问题，反而很少聚焦于《悲愤诗》之中，去倾听、去理解这位身世坎坷、才华横溢的女子的血泪心声。

要是没有《后汉书·列女传》的记载,蔡文姬和她的作品或许早已湮没在历史的尘埃中。"陈留董祀妻者,同郡蔡邕之女也",《后汉书》中的记载,将蔡文姬的身份附属于其夫与其父的名下,反映出汉末女性的从属地位。一方面,她们必须依靠家庭出身才能获得一定的文化教育和社会地位;另一方面,女子嫁给如意的夫君,方能实现"宜其室家"的美好愿望。汉末陈留一带,出现过许多较为著名的文艺家族,如阮氏的阮瑀、阮籍父子,还有蔡邕、蔡文姬父女等。蔡邕为汉末著名的文学家、书法家、音乐家,他博通经史,擅长辞赋,精通书法,妙解音律。蔡邕擅弹古琴,曾著有《琴操》等书。《后汉书·蔡邕传》还记载了一则趣闻。蔡邕的邻居邀请他共饭饮酒,他来得迟,在门口听到有人弹琴,惊闻琴音中含有杀心,便不敢入内,返回家中。仆人告诉主人,蔡邕到了门口就走了。主人追上蔡邕,问其缘由,蔡邕如实相告,主人不解。主人问了弹琴者才知,方才他弹琴时看到螳螂正在捕蝉,内心紧张,担心螳螂抓不到蝉,这可能就是显露在琴音中的杀心。蔡邕笑着说,这就对了!所谓"琴为心声",从这则故事可以看出,蔡邕对于琴乐的理解非同一般。

在家族文化的影响以及父亲的熏陶下,蔡文姬从小受到良好的文化教育,被誉为"博学有才辩,又妙于音律"的才女。三国时期的丁廙专门作了一篇《蔡伯喈女赋》,对其大加赞赏:"伊大宗之令女,禀神惠之自然;在华年之二八,披邓林之曜鲜。明六列之尚致,服女

蔡邕像

史之语言;参过庭之明训,才朗悟而通玄。"汉魏时期的赋作中专为一名女子作赋并不多见,"神惠""明训""朗悟"等褒扬字眼表现出当时士人对于蔡文姬的家教及才华的推崇。蔡文姬博闻强记、知识渊博,蔡邕家藏典籍众多,后因战乱流离,大多散失,不过蔡文姬还能记诵其中的四百多篇。蔡文姬归汉后,曾经应曹操之邀,凭借记忆默写出其中的诸多篇目,大多文无遗误,因此深得曹操赏识。蔡文姬继承家学,对于琴乐也颇为精通。据《后汉书》李贤注引刘昭《幼童传》中记载:"邕夜鼓琴,弦绝。琰曰:'第二弦。'邕曰:'偶得之耳。'故断一弦问之,琰曰:'第四弦。'并不差谬。"蔡文姬能够听音而知所断琴弦,充分显示出极佳的乐感及其敏锐的耳音,这与其从小耳濡目染聆听父亲演奏古琴密不可分,后来琴家以蔡文姬的故事谱写琴曲,由此也理所当然。蔡文姬还擅长书法,宋代《淳化阁帖》收录其书写的《胡笳十八拍》诗句片段《我生帖》,此则草书作品用笔严谨、洒脱飘逸,达到了较高的艺术水准。《法书要录·笔法传授人名》记载了当时书法传习脉络,后来钟繇承其余续,卫夫人扬其波澜,书圣王羲之更是将六朝书法艺术推向了高峰。可见,蔡文姬在汉魏书法艺术中开拓之功不可磨灭。

拥有良好的家庭出身和文化修养,如果在和平稳定的年代,觅得一位相守一生的夫君,蔡文姬本能过上幸福美满的生活。如果那样,历史上或许就多了一位令人津津乐道的才女,而少了一位动人心魄的诗人。

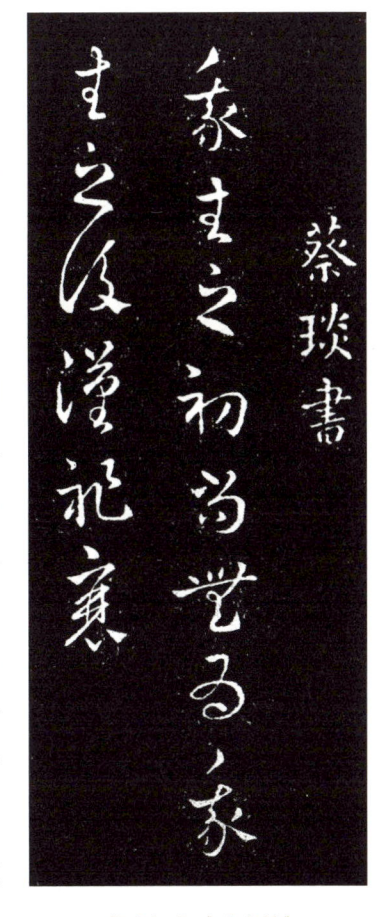

蔡文姬书《我生帖》

二、命运多舛，红颜薄命

蔡邕一生颠沛流离，最终在政治旋涡中丧生，父亲不幸，女儿蔡文姬的命运也似乎没有太多好转。"自古红颜多薄命"，对于蔡文姬而言，她的一生也是历经坎坷，幼年颠沛，一生三嫁，遭遇乱离，孤苦无依，她承受着一般女性难以体会的痛楚，不是亲历很难明白其中之苦。蔡文姬经受着人世间的炼狱，尤其是汉末战乱影响下，三次无法预料、难以掌控的婚姻，更是将她一次次推向绝望的边缘，她的几首诗作都写到"欲死不能得""虽生何聊赖""薄志节兮念死难""虽苟活兮无形颜"之类生不如死的诗句。苟延残喘、忍辱负重，往往比以死避世更需要勇气，然而，蔡文姬终究还是坚强地活了下来。

《后汉书·列女传》对蔡文姬的悲惨遭遇有着简要记载："适河东卫仲道。夫亡无子，归宁于家。兴平中，天下丧乱，文姬为胡骑所获，没于南匈奴左贤王，在胡中十二年，生二子。曹操素与邕善，痛其无嗣，乃遣使者以金璧赎之，而重嫁于祀。"此段史料，有助于我们大体了解蔡文姬三次婚姻及颠沛的经历。在青春美好的年华，蔡文姬嫁给了卫仲道，卫家为河东大族，出身名门的蔡文姬与之结合，也是门当户对，本应获得幸福。如果卫仲道没有英年早逝，或许蔡文姬也不会被掳，更不会转入胡地。生命中有太多偶然，偶然中又似乎有着某种宿命的必然。

蔡文姬归家期间，正值汉末政局动荡、天下大乱之时。东汉中平六年（189 年）至初平三年（192 年），董卓实行专权暴政，史称"董卓之乱"。中平六年（189 年），董卓率兵攻入洛阳，废除汉少帝，独揽朝政。次年，关东诸侯推举袁绍为盟主，讨伐董卓。初平三年（192 年），董卓部下李傕等由长安东下，为孙坚的义兵所败，李傕的部队流窜到陈留郡，大加掠夺，蔡文姬也被掳入关。兴平二年（195 年），李傕与南匈奴作战失败，蔡文姬又被转到南匈奴军中。据历史学家谭其骧先生的研究，蔡文姬后来又辗转到南匈奴故地即西河美稷（今内蒙古河套一带）。蔡文姬嫁给了南匈奴左贤王，生有二子，淹留胡地长达十二年之久。胡地生活虽然较为安定，但因为文化差异以及被掳的屈辱身份，蔡文姬一直思念中原故土，期盼能够回归。建安十二年（207年）前后，曹操派使臣迎接蔡文姬归汉，并将她改嫁给董祀。

对于这样一位多次改嫁的女子，董祀起初心存轻视，二人感情也并不融洽。对于几经飘零、三次改嫁的蔡文姬，董祀或许成为她生命中的最后寄托，然而婚后不久，董祀偏偏又犯了死罪。蔡文姬放手一搏，以几乎崩溃的方式求见曹操，恳请他放过董祀。《后汉书·列女传》载："及文姬进，蓬首徒行，叩头请罪，音辞清辩，旨甚酸哀，众皆为改容。"看到举止失态、言辞酸楚的蔡文姬，曹操心生怜悯，他知道，如果真的杀了董祀，蔡文姬也必然生无可恋，他最终收回文状，赦免了董祀之罪。

史书中没有关于蔡文姬日后晚境的记载，这三次生命的沉浮，已经足以让我们记住这位坚韧勇敢而富有智慧的女性。或许，没有记载则意味着平静。再或者，承载了过多生命悲愤的蔡文姬，对于生活早已没有太多渴求。她没有记录下生命的绚丽，而将人世间的愁苦化作一腔悲愤，留给世人去品味其中的苦涩。

三、坎坷经历，发为悲愤

《后汉书·列女传》载："后，感伤乱离，追怀悲愤，作诗二章。"《悲愤诗》的第一首为五言诗，第二首为骚体诗。面对故土及新人，回首坎坷往事，蔡文姬追怀悲愤，是为了如实记录乱离时世的悲惨遭遇，一吐心中的忧闷，以此博取世人和新夫的同情吗？绝非如此，她只是情不能已，发为悲愤而已。或许，因为苦难过于深重，蔡文姬甚至不愿提笔。追怀，对于蔡文姬而言，其实就是咀嚼昔日的痛苦，舔拭内心的伤口。我们走近这样的作品，会聆听到怎样的心声呢？又会产生什么思考呢？

蔡文姬《悲愤诗（其一）》

  汉季失权柄，董卓乱天常。志欲图篡弑，先害诸贤良。逼迫迁旧邦，拥主以自强。海内兴义师，欲共讨不祥。卓众来东下，金甲耀日光。平土人脆弱，来兵皆胡羌。猎野围城邑，所向悉破亡。斩截无孑遗，尸骸相撑拒。马边悬男头，马后载妇女。长驱西入关，迥路险且阻。还顾邈冥冥，肝脾为烂腐。所略有万计，不得令屯聚。或有骨肉俱，欲言不敢语。失意机微间，辄言毙降虏。要当以亭刃，我曹不活汝。岂复惜性命，不堪其詈骂。或便加棰杖，毒痛参并下。旦则号泣行，夜则悲吟坐。欲死不能得，欲生无一可。彼苍者何辜，乃遭此厄祸。

  边荒与华异，人俗少义理。处所多霜雪，胡风春夏起。翩翩吹我衣，肃肃入我耳。感时念父母，哀叹无穷已。有客从外来，闻之常欢喜。迎问其消息，辄复非乡里。邂逅徼时愿，骨肉来迎己。己得自解免，当复弃儿子。天属缀人心，念别无会期。存亡永乖隔，不忍与之辞。儿前抱我颈，问母欲何之。人言母当去，岂复有还时。阿母常仁恻，今何更不慈。我尚未成人，奈何不顾思。见此崩五内，恍惚生狂痴。号泣手抚摩，当发复回疑。兼有同时辈，相送告离别。慕我独得归，哀叫声摧裂。马为立踟蹰，车为不转辙。观者皆歔欷，行路亦呜咽。

  去去割情恋，遄征日遐迈。悠悠三千里，何时复交会。念我出腹子，匈臆为摧败。既至家人尽，又复无中外。城郭为山林，庭宇生荆艾。白骨不知谁，纵横莫覆盖。出门无人声，豺狼号且吠。茕茕对孤景，怛咤糜肝肺。登高远眺望，魂神忽飞逝。奄若寿命尽，旁人相宽大。为复强视息，虽生何聊赖？托命于新人，竭心自勖励。流离成鄙贱，常恐复捐废。人生几何时，怀忧终年岁。

建安七子对于战乱的体察与描述,多是以旁观者的姿态叙述现实,虽然也有悲凉之感,但缺乏最鲜活、最直观、最真切的生命体验。蔡文姬将她对于苦难的亲历,以追忆的方式娓娓道来,并通过女性细腻的笔触,将最真实的感受反复咀嚼,读来令人无限唏嘘、感叹不已。蔡文姬诗中的悲愤之情持久而复杂,浓烈而深刻。诗人以"乱天常"起句,时世带来的战乱、掠夺与杀戮打破了原有世界的和谐与稳定,给世人带来了无尽的痛苦和伤害。诗作以"怀忧终年岁"收尾,更是将乱世的悲哀扩展到人世的忧患与无常,带来更为普遍的悲愤之感。蔡文姬选取遭乱被掳、胡地别子、归乡无依三个场景在诗中原景重现,将她内心的悲愤之情、苦痛之心一点一滴地呈现在世人面前。全诗共一百零八句五百四十字,"肝脾为烂腐""毒痛""号泣""崩五内""声摧裂""嘘唏""生狂痴""怛咤"等悲痛字眼充满全诗,令人不忍卒读。

诗作第一段叙写遭乱被掳的场景,诗人既能从汉末乱离的社会现实出发,又能结合自己流离失所、遭受屈辱的亲身体验,因此写得形象真实、情态生动。首句"汉季失权柄,董卓乱天常",描绘出汉末政局动荡、董卓乘机作乱的史实。一个"乱"字和"弑"字,写出了汉末国家政权的岌岌可危,为贼兵抢掠、家祸突起埋下伏笔。诗人没有详细刻画董卓部下的兵刃之利,仅用一句"金甲耀日光",令人不寒而栗、心生恐惧。反之,"平土人脆弱"一句,则将毫无还击之力的普通百姓的无辜与无助全盘写出。"斩截无孑遗"以下几句,叙写杀戮之惨烈。"马边悬男头,马后载妇女",此与《后汉书·董卓传》中的记载相似,是当时战乱与浩劫场面的真实写照,同时暗示诗人自己也被掳掠。"还顾邈冥冥",不仅实写归途难寻的失落之情,更是诗人前途难料的内心独白,因而发出揪心的"肝脾为烂腐"的一声长叹。"所略"以下几句,详细描写被掠之苦,形容婉转曲折,杂以詈骂棰杖之举,"毒痛"二字,写尽了被掳者身心受到的摧残与迫害。经历诸多苦痛,诗人求生不得,求死不可,为何无辜受罪?只能问天,问宿命。

战乱带来的人祸造成无辜民众被杀和受虐，而胡地的荒蛮平添蔡文姬对于故土的眷恋。诗作第二段，前面几句用简练的笔触描写胡地生活，显得情真意切、意味深长，后面大段诗句则重在抒写母子难舍难分的别离之情，将全诗的悲愤之情推向顶峰。"边荒与华异，人俗少义理"，一个"异"字，写出中原地区与胡地因为风俗习惯、生活方式等造成了文化差异与隔膜；而一个"少"字，委婉地道出了诗人所受屈辱。"翩翩""肃肃"二语，写风声逼真可感，更写出凄清孤独、百无聊赖的心境。"有客从外来，闻之常欢喜"，这是全诗众多悲苦字眼之外的唯一一句欢欣之语，也是诗人思念亲人、寄托生命的一丝希望。"复非"一语，将十余年来的等待与期盼之光轻易吹灭。此段叙写，笔法曲折顿挫，情感婉转微妙，刻画出诗人复杂的内心世界。"邂逅徼时愿"，似乎是意料之外，幸福来得太过突然，反而没有太多欢欣。"天属缀人心，念别无会期"，道出了人世间母子永别的万般无奈与苦楚。面对故土的召唤与亲子的别离，矛盾煎熬的蔡文姬无言以对、不忍直视。"儿前抱我颈"，从幼子视角着笔，寥寥数语，令身为人母的蔡文姬的情感防线彻底崩溃。去留两难之际，母子永别的号泣之声，同来之辈难归故土的呼号之声，相互夹杂，共同演奏出一曲"悲莫悲兮生别离"的长恨歌。

回到朝思暮想的故土，诗人目睹的却是亲友亡故，满眼一片荒芜。物是人非之感，人世沧桑之叹，油然而生。"去去"一语，似乎是对淹留胡地十余年生活的诀别，"悠悠"一句，则满载着诗人对于离别亲子的长久挂念。"既至家人尽"，一个"尽"字，道出了生命的幻灭感。"城郭为山林"以下几句，奋笔直书、物象交错，写出了故土的残破、人世的荒凉。"茕茕对孤景，怛咤糜肝肺"，此处的"怛咤"，更是悲痛至极，与首段被掳时的"肝脾为烂腐"相比，是经历了万般苦痛与煎熬之后的痛定思痛与孤苦无依。此时，存在的意义何在？生命的寄托何在？"奄若寿命尽""虽生何聊赖"，苟延残喘、百无聊赖，蔡文姬不知道她的人生将走向何方。"托命于新人"，成为此刻蔡文姬勉强苟活的一丝希望。"流离成鄙贱，常恐复捐废"，那最后的期盼，犹如断线的风筝，摇摇欲坠。"人生几何时，怀忧终年岁"，末句化作一声生命的慨叹。《古诗十九首》曰"生年不满百，常怀千岁忧"，面对人生短暂、忧患无常，汉末士人选择及时行乐、追求功业。对于蔡文姬而言，生命中似乎没有值得追求的东西，所以她的生命忧患更加深厚，她的情感郁积更加难以排遣。

沈德潜《古诗源》卷三评曰："由情真，亦由情深。"全诗看似无心经营，却有一股激荡的真情贯穿其中，诗作中战乱、被掳、受辱、离乡、念亲、别子、重嫁等悲愤之情相互交织、层层逼近，仿佛一首复调的悲怆奏鸣曲，令人感慨万千，难以释怀。

四、永垂青史，意义非常

蔡文姬的《悲愤诗》不仅情感真挚动人，也因其高妙的文学技巧，在文学史上留下浓墨重彩的一笔。汉魏时期的叙事诗本来不多，艺术水准高超者更少。其中《陌上桑》成功塑造了秦罗敷形象，诗作将叙述、抒情、描写巧妙结合，成为汉代叙事诗的代表。与《陌上桑》相比，《悲愤诗》叙事手法更加高妙，尤其是对自我心理的剖析以及对于历史事实与亲身经历的描绘，更是远超前作。《悲愤诗》妙在刻画细节，形象逼真。陈祚明《采菽堂古诗选》曰："蔡文姬诗如小李将军画，寸人豆马，莫不奕奕有生气。又如名优演剧，悲欢离合，事事逼真。"名画形象逼真，重在细部的描摹；名剧的动人，在于演员的声情并茂。《悲愤诗》对于被掳时遭受詈骂的描写、别子时与幼子的对话以及归乡后闻见的描绘，皆生动逼真，令人如闻其声、如临其境，产生了立体丰满的艺术效果。《悲愤诗》结构微妙，笔法跌宕起伏，富于变化。谭元春《古诗归》评曰："妙在详至而不冗漫，变化而不杂乱，断续而不碎脱，若有意，若无意，若无法，又若有法。"《悲愤诗》善于剪裁与聚焦，时而笔墨经济，时而奋笔直书，有意无意之间，有法无法之中，皆有情感起伏与人生经历贯穿其中，因而读来自然贴切、意味无穷。全诗三个场景相对独立，又前后联系，最终将悲愤情绪推向更深层次的生命的思考与叩问。首段介绍遭遇乱离的社会背景，笔墨简练，准确精到。随后，从"猎野"到"斩截"到"詈骂"再到"号泣"，层层相连、环环相扣。"边荒"一段，重在描写胡地生活，用墨精炼。"有客外来"，为之一顿；"骨肉相迎"，似乎柳暗花明；而"复弃儿子"，则悲喜交加，为下文母子难分营造声势。如此写来，婉转反复，一唱三叹，音有余哀。末段更是前后联系，将思亲、恋子、孤苦无依、托命新人、怀忧终岁等情绪一一呈现，犹如一幅笔墨连带、情感真挚的《祭侄文稿》，笔断意连、浓淡相宜，悲愤交加、情不能已。《悲愤诗》的语言技巧也雅俗共赏、文质彬彬。一方面，蔡文姬善于吸收汉乐府民歌以及方言口语入诗，另一方面，因为文化素养颇为深厚，她又能巧用雅言及书面语，形成了通俗易懂、酣畅淋漓的语言艺术特色。如"乱天常""少义理""家人尽"等语，宛如白话，却又意味深长。"苍天何辜""勖励"等语，出自经典，却又毫无隔违之感。陈祚明《采菽堂古诗选》卷四曰："文姬能写真情，无微不尽。俚语出之则雅，实事状之则活。"这些雅俗共赏的语汇，皆紧扣叙事与抒情加以巧妙运用，读来灵动鲜活、富于表现力。

情感之真挚、艺术手法之高妙，足以令《悲愤诗》在中国文学史上占有一席之地。我们走进那个动乱时代，关注女性、婚姻等话题，《悲愤诗》在文学史、文化史上的意义显得更加非凡。蔡文姬对于汉末乱离时世的叙写，从一位女性、一个俘虏、一位妻子、一个母亲的亲身体验与所受苦难出发，没有融入政治失意、英雄末路等传统文士经常表达的话题，反而将战乱对人性的迫害抒写得更加纯粹、更具普遍性。这种深层的悲愤，是国乱的悲哀，是命运的无奈，也是人世无常的慨叹。"流离成鄙贱"的遭遇使得三次改嫁的蔡文姬并没有受到古代传统婚恋观念的束缚，虽然饱受屈辱、忍辱负重，但她敢于表达对于稳定家庭的渴望，"托命于新人，竭心自勖励"，她不仅没有因为多次改嫁而遭到世人鄙视，反而成为一位贞烈的女子被载入史册。正是不寻常的遭遇，使得蔡文姬具有了平等表达女性真实心声的权利，这在中国古代社会尤其难能可贵。

经典文学作品，往往能够成为文化母题，在音乐、绘画、书法、戏剧等艺术门类中不断被改编与再现，历久弥新。蔡文姬诗作中体现的华夷之辨、母子别离的主题，以各种艺术形式不断重现，其中的文化内蕴则不断被强化与改造。唐代传有琴曲《胡笳十八拍》，此曲依据蔡文姬的故事创作而成，后来演变为《大胡笳》，收入明代《神奇秘谱》。今人打谱演奏，再现古代清音，全曲哀婉悲伤，其中"童稚牵衣"一段，琴曲通过高音区的反复弹奏、递进，表现出骨肉分离的撕心裂肺的场面，最为悲楚动人。宋代朱长文编写《琴史》，为宋代以前十多位琴家立传，其中设立"蔡琰"一章，讲述蔡文姬的故事，书中收录《悲愤诗》全文，并评曰："此乃悼汉室之圮绝，嗟生民之罹灾。往则遭戎狄之困辱，归则痛天性之永隔，闻者可为之叹息。世传《胡笳》乃文姬所作，此其意也。"此则较为准确地将琴曲《胡笳》与《悲愤诗》情感内蕴联系起来。

中国绘画史上，以"文姬归汉"为题材的画作也时常出现，十分经典。不过，不同时期、不同画家以及不同个性的画作在场景选取、内涵表达以及呈现技法上不尽相同。其中最为知名的要数宋代陈居中的《文姬归汉图》，此画场面宏大、设色艳丽。画作强化了胡汉邦族之

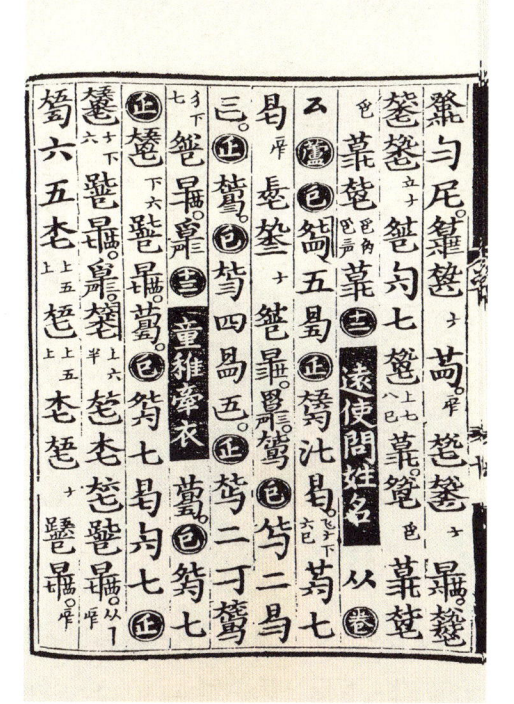

（明）《神奇秘谱·大胡笳》（明刻本）书影

（南宋）陈居中《文姬归汉图》（局部）

间的融合与友情，突出了曹操及其使臣的政治权威地位，蔡文姬形象反而被弱化。曹操身着鲜艳的红衣，位于画作视觉核心位置，与之迎面而坐的是左贤王、蔡文姬及文姬幼子。汉末乱离时世的悲愤以及与子别离的哀痛，在画作中完全缺失，这也降低了此幅作品的艺术感染力。

或许，晚明文士更能体会汉魏人情。晚明画家陈洪绶仅仅选取母子别离的一个片段，蔡文姬面色凄惨，满含悲痛，两个幼子奔走号哭，试图投入母亲的怀抱，母子伤别的撕心裂肺之感，直接跃入眼帘，生动再现了《悲愤诗》中的"天属缀人心，念别无会期"的悲怆情感。

（明）陈洪绶《文姬归汉图》（局部）

此外，文姬归汉的故事还在历代戏剧、小说作品中搬演过。如元代金志南的杂剧《蔡琰还汉》、明代陈与郊的杂剧《文姬入塞》、清代尤侗的杂剧《吊琵琶》等，小说《三国演义》第七十一回也有相关片段。近现代有程砚秋的《文姬归汉》京剧，以及郭沫若创作的《蔡文姬》历史剧等。不同时期、不同门类的文艺作品，将蔡文姬的故事重新演绎，使之历久弥新，同时也寄托着不同时代、不同作者的情感体验与文化诉求。蔡文姬及其诗作被不断解读、改写，使得我们可以更加丰富而多元地理解经典作品。然而，最接近汉末乱离史实、最真切表达蔡文姬真实心声的，还是《悲愤诗》中五百四十个用血泪堆砌的文字。

"文姬归汉"的故事在后世以不同的形式去呈现与演绎，然而，叹息与同情背后，又有多少人能够真正读懂并理解《悲愤诗》中那位女主角用生命的血泪上演的一出人世悲剧？或许，这部悲剧有个导演——命运！

在悲惨的命运面前，蔡文姬以存在本身对命运作出最有力的抗争。蔡文姬不像屈原那样，因不愿直面惨淡的人生，而通过死亡的方式，表达对忠而见弃的不满；也不像阮籍，面对黑暗无序的政治时，以表面佯狂，掩饰苦闷的内心。满腹才华的蔡文姬，并没有像古代男子那样，在怀才不遇中潦倒一生，她只是希望拥有一个安定的环境、一个完整的家庭、一双可爱的儿女、一个不再因为曾经被弃而遭受鄙视的眼神。为了这些女性最基本的权利，蔡文姬苟活着，她的苟活或许比以身殉道更加伟大！在《悲愤诗》的万般苦痛的背后，涌动着一个忍辱负重、期盼未来的沉重灵魂。

鲁迅先生曾经说过："悲剧，就是把美好的东西毁灭给人看。"蔡文姬的《悲愤诗》几乎是字字血泪，她那微弱而零星的喜悦与期待之光，在惨淡的现实面前一次次被熄灭，她将一位女性最沉痛的生命体验呈献给世人，不是为了博取世人的同情，而是让后人懂得直面人世的无常，珍惜当下的美好，知道如何活得更加高尚而有尊严。

拓展阅读

蔡文姬《悲愤诗》（其二）

嗟薄祜兮遭世患，宗族殄兮门户单。身执略兮入西关，历险阻兮之羌蛮。山谷眇兮路漫漫，眷东顾兮但悲叹。冥当寝兮不能安，饥当食兮不能餐，常流涕兮眦不干，薄志节兮念死难，虽苟活兮无形颜。惟彼方兮远阳精，阴气凝兮雪夏零。沙漠壅兮尘冥冥，有草木兮春不荣。人似兽兮食臭腥，言兜离兮状窈停。岁聿暮兮时迈征，夜悠长兮禁门扃。不能寝兮起屏营，登胡殿兮临广庭。玄云合兮翳月星，北风厉兮肃泠泠。胡笳动兮边马鸣，孤雁归兮声嘤嘤。乐人兴兮弹琴筝，音相和兮悲且清。心吐思兮匈愤盈，欲舒气兮恐彼惊，含哀咽兮涕沾颈。家既迎兮当归宁，临长路兮捐所生。儿呼母兮号失声，我掩耳兮不忍听。追持我兮走茕茕，顿复起兮毁颜形。还顾之兮破人情，心怛绝兮死复生。

蔡文姬《胡笳十八拍》

　　我生之初尚无为，我生之后汉祚衰。天不仁兮降乱离，地不仁兮使我逢此时。干戈日寻兮道路危，民卒流亡兮共哀悲。烟尘蔽野兮胡虏盛，志意乖兮节义亏。对殊俗兮非我宜，遭恶辱兮当告谁？笳一会兮琴一拍，心愤怨兮无人知。

　　戎羯逼我兮为室家，将我行兮向天涯。云山万重兮归路遐，疾风千里兮扬尘沙。人多暴猛兮如虺蛇，控弦被甲兮为骄奢。两拍张弦兮弦欲绝，志摧心折兮自悲嗟。

　　越汉国兮入胡城，亡家失身兮不如无生。毡裘为裳兮骨肉震惊，羯膻为味兮枉遏我情。鞞鼓喧兮从夜达明，胡风浩浩兮暗塞营。伤今感昔兮三拍成，衔悲畜恨兮何时平。

　　无日无夜兮不思我乡土，禀气含生兮莫过我最苦。天灾国乱兮人无主，唯我薄命兮没戎虏。殊俗心异兮身难处，嗜欲不同兮谁可与语！寻思涉历兮多艰阻，四拍成兮益凄楚。

　　雁南征兮欲寄边声，雁北归兮为得汉音。雁飞高兮邈难寻，空断肠兮思愔愔。攒眉向月兮抚雅琴，五拍泠泠兮意弥深。

　　冰霜凛凛兮身苦寒，饥对肉酪兮不能餐。夜闻陇水兮声呜咽，朝见长城兮路杳漫。追思往日兮行李难，六拍悲来兮欲罢弹。

日暮风悲兮边声四起,不知愁心兮说向谁是!原野萧条兮烽戍万里,俗贱老弱兮少壮为美。逐有水草兮安家葺垒,牛羊满野兮聚如蜂蚁。草尽水竭兮羊马皆徙,七拍流恨兮恶居于此。

为天有眼兮何不见我独漂流?为神有灵兮何事处我天南海北头?我不负天兮天何配我殊匹?我不负神兮神何殛我越荒州?制兹八拍兮拟俳优,何知曲成兮心转愁。

天无涯兮地无边,我心愁兮亦复然。生倏忽兮如白驹之过隙,然不得欢乐兮当我之盛年。怨兮欲问天,天苍苍兮上无缘。举头仰望兮空云烟,九拍怀情兮谁与传?

城头烽火不曾灭,疆场征战何时歇?杀气朝朝冲塞门,胡风夜夜吹边月。故乡隔兮音尘绝,哭无声兮气将咽。一生辛苦兮缘离别,十拍悲深兮泪成血。

我非贪生而恶死,不能捐身兮心有以。生仍冀得兮归桑梓,死当埋骨兮长已矣。日居月诸兮在戎垒,胡人宠我兮有二子。鞠之育之兮不羞耻,愍之念之兮生长边鄙。十有一拍兮因兹起,哀响缠绵兮彻心髓。

东风应律兮暖气多,知是汉家天子兮布阳和。羌胡蹈舞兮共讴歌,两国交欢兮罢兵戈。忽遇汉使兮称近诏,遗千金兮赎妾身。喜得生还兮逢圣君,嗟别稚子兮会无因。十有二拍兮哀乐均,去住两情兮难具陈。

不谓残生兮却得旋归,抚抱胡儿兮泣下沾衣。汉使迎我兮四牡骈骈,号失声兮谁得知?与我生死兮逢此时,愁为子兮日无光辉,焉得羽翼兮将汝归。一步一远兮足难移,魂消影绝兮恩爱遗。十有三拍兮弦急调悲,肝肠搅刺兮人莫我知。

身归国兮儿莫之随,心悬悬兮长如饥。四时万物兮有盛衰,唯我愁苦兮不暂移。山高地阔兮见汝无期,更深夜阑兮梦汝来斯。梦中执手兮一喜一悲,觉后痛吾心兮无休歇时。十有四拍兮涕泪交垂,河水东流兮心是思。

十五拍兮节调促,气填胸兮谁识曲?处穹庐兮偶殊俗。愿得归来兮天从欲，再还汉国兮欢心足。心有怀兮愁转深，日月无私兮曾不照临。子母分离兮意难任，同天隔越兮如商参，生死不相知兮何处寻！

十六拍兮思茫茫，我与儿兮各一方。日东月西兮徒相望，不得相随兮空断肠。对萱草兮忧不忘，弹鸣琴兮情何伤！今别子兮归故乡，旧怨平兮新怨长。泣血仰头兮诉苍苍，胡为生兮独罹此殃！

十七拍兮心鼻酸，关山阻修兮行路难。去时怀土兮心无绪，来时别儿兮思漫漫。塞上黄蒿兮枝枯叶干，沙场白骨兮刀痕箭瘢。风霜凛凛兮春夏寒，人马饥豗兮筋力单。岂知重得兮入长安，叹息欲绝兮泪阑干。

胡笳本自出胡中，缘琴翻出音律同。十八拍兮曲虽终，响有余兮思无穷。是知丝竹微妙兮均造化之功，哀乐各随人心兮有变则通。胡与汉兮异域殊风，天与地隔兮子西母东。苦我怨气兮浩于长空，六合虽广兮受之应不容！

第五讲

理想与现实的困境——曹植诗作的骨气与仙气

提到曹植，人们往往为其才华倾倒，"才高八斗""七步成诗"的佳话广为传颂。在汉魏时期的诗人中，曹植以"骨气奇高，词采华茂"著称于世。此种词采与骨气的呈现，与其人生经历密不可分。曹植的一生历经了建安与黄初、太和两段时期。青年时期的曹植意气风发，满怀着建功立业的才情与热情。黄初以后，因为受到政治打压，其诗作颇有怨愤之气，然而其中仍然有一股"骨气"不时涌动，在理想与现实之间，曹植创作游仙诗，试图寻求生命的超越。前一段人生经历，是他生命中的艳阳与华彩，始终滋润着他的心灵，暗含着一种坚忍不拔的生命力；而后一段时期则给他生命投下了难以消磨的阴影，他反复咀嚼，难以超脱。在生命的最后十几年中，他用文字表达了自己的愤慨，也反映了欲说还休的无奈。然而，正如枯荒岁月中偶尔露出的一丝暖阳，不变的理想赋予他生命的力量，但现实又阻拦着他的步伐，在理想与困境中，他的诗歌诗中有凛然骨气，亦有飘飘仙气。这些诗歌记录了曹植真实的生命体验，有过大欢喜，或许也无惧大悲哀。

一、早年翩翩，后遭迍邅

曹植，字子建，自幼聪颖，他十余岁之时，便能诵读《诗经》、《论语》、《楚辞》、汉赋等经典名著。《诗经》《楚辞》与汉赋的文字生僻古奥，文义又多难理解，对于饱读诗书之士而言，阅读这些文本可能尚且有一定难度，而曹植小小年纪便已能记诵，可见其天分之高，早已展露。《三国志》曾记载一个故事：

> 太祖尝视其文，谓植曰："汝倩人邪？"植跪曰："言出为论，下

笔成章，顾当面试，奈何倩人？"时邺铜爵台新成，太祖悉将诸子登台，使各为赋。植援笔立成，可观，太祖甚异之。

曹操曾怀疑曹植的文章不是亲笔所作，曹植便请求当面向曹操展示才华。于是，曹操便让曹植等人各为铜雀台写赋，以此考察他们的才华。曹植挥笔而就，略无删改，"可观"二字，表明了这篇为铜雀台所作的赋，其质量应当不差。此事也使得曹植备受曹操欣赏，因而成为魏太子的候选人之一。加之性情坦率自然、不讲究庄重的仪容以及车马服饰、不追求华艳富丽，曹植诸多品行都较为契合曹操通脱简易的处事风格，由此获得曹操更多的关注与偏爱。而曹植此时也意气风发，心怀远大志向，积极参与政治事务。

建安十五年（210年）前后，为响应曹操《求贤令》中招隐求贤及唯才是举的号召，曹植创作了《七启》一文，模仿代枚乘《七发》大赋的章

（清）汪由敦书《七启》（局部）

法和体制,文中假设镜机子与隐者玄微子问答,批评"耽虚好静""飞遁离俗""隐居大荒"的行为,歌颂"圣宰"(即曹操)之"翼帝霸世",说服玄微子"从子而归",表达了"君子不遁俗而遗名,智士不背世而灭勋"的积极用世、建功立业的政治态度和理想抱负。

此外,《白马篇》也是曹植早年的代表作品。在这首乐府诗中,曹植塑造了一位意气风发的游侠形象,借以抒发自己不惜捐躯报国的高尚情怀。武艺高超、慷慨从戎的游侠是曹植从自身理想出发而塑造的英雄形象,充满刚毅勇猛的气息。末八句"弃身锋刃端,性命安可怀?父母且不顾,何言子与妻!名编壮士籍,不得中顾私。捐躯赴国难,视死忽如归",展示了视死如归、勇猛赴敌的英雄气概。与此同时,这也体现了建安诗人们关心国家命运、积极建功立业、追求不朽的文学理想。

曹植不仅自己积极向上,还鼓励友人积极向朝廷靠拢,对臣下多有抚慰。例如,王粲迫切期望能够建立功业,但自从归顺曹操后,一直得不到重用,难免心有微词。曹植则从朋友的角度宽慰他说:"重阴润万物,何惧泽不周?"(《赠王粲诗》)他在另一首诗中也安慰丁仪、王粲:"君子在末位,不能歌德声。丁生怨在朝,王子欢自营。欢怨非贞则,中和诚可经。"(《赠丁仪王粲》)友人徐干穷居不仕,曹植则勉励徐干:"宝弃怨何人?和氏有其愆。弹冠俟知己,知己谁不然?良田无晚岁,膏泽多丰年。亮怀玙璠美,积久德愈宣。亲交义在敦,申章复何言!"(《赠徐干》)无论是宽慰还是勉励,曹植的诗中都洋溢着青春的热情和少年的自信,翩翩气度,光芒万丈。

然而,魏太子之位的斗争已让曹丕对这位弟弟心生怨恨与嫉妒,而曹植本身也因自己的任性而为失去了曹操的信任,断送了自己的政治前途。但曹植并无个人野心,对新朝也表示积极拥护。然而,即便如此,曹丕并没有打算放过其弟。建安二十五年(220年),曹丕称帝,改元黄初,随后就迫不及待地开始打压曹植。曹丕对才华横溢的曹植心怀忌恨,他命曹植七步之内写诗一首,如果做不到将被严惩。曹植写下了《七步诗》:"煮豆持作羹，漉菽以为汁。萁在釜下燃，豆在釜中泣。本自同根生，相煎何太急？"据说曹丕读后深有惭色。不过，曹丕还是继续对其弟加以控制和打压。先是，曹丕指使监国告发曹植"醉酒悖慢，劫胁使者"，有司请治罪，幸得卞太后的相救而免死；随后，又被告发荒淫不孝，罪合死刑，后又被宽赦。

曹植不断受到政治打压与迫害，其"勠力上国，流惠下民"的政治理想也成了水中之月、镜中之花，难以重拾。太和二年（228年），新皇登基后不久，曹植希冀获用的志向又重新燃起，在文章中洋洋洒洒地表达自己对新皇的拥护，以及希望能够得到任用的想法，情真意切，但并没有得到回应。此时，曹植或许真正地意识到自己永无获用的可能。在随后的数年中，他一直抑郁不乐，在不甘中辞世。

黄初时期是曹植人生的分水岭。黄初之后，曹植屡遭打击，胸怀愤懑。此时之作以《赠白马王彪》为代表，诗句情真意切，时而语气激昂，时而顾影自怜，具有极强的感染力，此诗是曹植在面对残酷现实时复杂情感的流露，被后人视为汉魏风骨的代表作；而其游仙之作，如《飞龙篇》《游仙》等，则在富丽堂皇、仙气飘飘的玉宇琼楼中，寄托在理想幻灭与现实迍邅后暂得安宁、追求解脱的愿望。曹植的诗作既有骨气又有仙气，是现实与理想困境下的产物。

二、辞激意切，愤笔成篇

黄初年间，曹植的境遇发生了重大变化，其诗作流露出的被压迫感与悲愤感也尤为明显。其代表作《赠白马王彪》可见一斑：

> 黄初四年五月，白马王、任城王与余俱朝京师、会节气。到洛阳，任城王薨。至七月，与白马王还国。后有司以二王归藩，道路宜异宿止，意毒恨之。盖以大别在数日，是用自剖，与王辞焉，愤而成篇。

谒帝承明庐，逝将归旧疆。清晨发皇邑，日夕过首阳。伊洛广且深，欲济川无梁。泛舟越洪涛，怨彼东路长。顾瞻恋城阙，引领情内伤。

太谷何寥廓，山树郁苍苍。霖雨泥我涂，流潦浩纵横。中逵绝无轨，改辙登高岗。修坂造云日，我马玄以黄。

玄黄犹能进，我思郁以纾。郁纾将何念？亲爱在离居。本图相与偕，中更不克俱。鸱枭鸣衡轭，豺狼当路衢。苍蝇间白黑，谗巧令亲疏。欲还绝无蹊，揽辔止踟蹰。

踟蹰亦可留，相思无终极。秋风发微凉，寒蝉鸣我侧。原野何萧条，白日忽西匿。归鸟赴乔林，翩翩厉羽翼。孤兽走索群，衔草不遑食。感物伤我怀，抚心长太息。

太息将何为，天命与我违。奈何念同生，一往形不归。孤魂翔故域，灵柩寄京师。存者忽复过，亡殁身自衰。人生处一世，去若朝露晞。年在桑榆间，景响不能追。自顾非金石，咄唶令心悲。

心悲动我神，弃置莫复陈。丈夫志四海，万里犹比邻。恩爱苟不亏，在远分日亲。何必同衾帱，然后展殷勤。忧思成疾疢，无乃儿女仁。仓卒骨肉情，能不怀苦辛？

苦辛何虑思，天命信可疑。虚无求列仙，松子久吾欺。变故在斯须，百年谁能持？离别永无会，执手将何时？王其爱玉体，俱享黄发期。收泪即长路，援笔从此辞。

黄初四年（223年）五月，曹植与任城王曹彰、白马王曹彪共朝京师，而任城王暴薨。曹丕即位以来，法网日密。据《世说新语》记载，曹丕忌惮曹彰骁勇，暗中投毒于枣中，曹彰因此丧命。在这种压抑的环境下，猜疑与恐惧笼罩于兄弟之间。七月离别之际，曹丕又要求曹植、曹彪异路而归。前有丧亲之痛，后遭离别之苦，曹植感慨万千，愤然成篇。历代评论家对此篇都给予极高的评价，萧统《昭明文选》、沈德潜《古诗源》、吴淇《六朝选诗定论》等重要选本都选录了这首诗。那么，这首诗歌在艺术上究竟有何魅力，能让历代的选本、评论家如此关注？我们可从此诗所体现的建安文学的特点来加以考察。

《宋书·谢灵运传论》中，沈约曾将曹植等人的文学特点总结为"以情纬文，以文被质"，情辞相称是其文学创作的显著特点。刘勰《文心雕龙·明诗》也指出："造怀指事，不求纤密之巧，驱辞逐貌，唯取昭晰之能：此其所同也。"然而，后人对《赠白马王彪》的分析大多局限于"不可句摘"，在一定程度上忽略了文辞与诗歌情感的共生作用。

在《赠白马王彪》中，作者所传达的抑郁不平、哀切悲痛又无可奈何的情绪，和文辞紧密结合，水乳交融。诗中情感抒发需求来自沉重压抑的现实，而通过文辞的错落安排来呈现，而文辞的错落有致又增添了诗作情感的跌宕不平。

首先，声节的错落，造成了诗作情感的跌宕。诗人情绪之起伏，表现在韵脚之平仄转移，或上或去，或平或入，正如陆机《文赋》所言，"暨音声之迭代，若五色之相宣"。声节的交替使用，好像色彩的交相辉映，使人心神荡漾。当然，这里所指的是自然音节。《赠白马王彪》全诗共分为七章，第一、二、三章用平声韵，诗人想象了自己告别后所看到的山川景物，暗讽曹丕不顾兄弟之情的残忍，仿佛湖中之平波流水，虽偶有波澜，而终为平静，故这三章读起来语气较为平缓，显示了情感的悠长缅邈。此三章的每句第三字，有提挈全句的作用，是情感的起伏点，诗人喜用仄声，而仄声易传达激切之情，则又表明表面的铿锵有力之下翻涌着复杂的情绪波涛：第一章有三个（"过""越""恋"），第二章为三个（"郁""浩""造"），第三章则为八个（"郁""在""不""当""间""令""绝""止"）。此章几乎句句的第三字都用仄声，本段也是诗人情绪不断推进之处，恰与第四章相呼应；第四章用入声韵，入声字语调急速，一般用于情感激烈之处。在经历了前三章平铺与起伏后，情感在此处终因自然物象的感发而趋近于慷慨，

"极""侧""匿""翼""食""息"等字跳跃而出，语气急促，情感激烈，此处，作者还运用了比兴的手法，以动物的活动叙写自己内心情感的哀伤，辞意略显含蓄，但入声韵的使用又是情感激烈的体现，在一张一弛中，很好地展现了作者的哀切，又颇显节制。此处，作者重念天道人生，将思绪投射至整个宇宙人生，作者意识到个体的渺小与现实的荒谬，又念及王弟的早逝，情绪趋向沉重，语调哀痛，声韵的使用与人的情绪相互映衬。在此七章中，诗歌韵脚由平而仄，再由仄而平，情绪亦由起初的缓和悠长、时有起伏，到急促哀切，再转为沉重的哀悼与苦楚，犹如舒缓而有起伏的乐章。诗歌韵脚平仄的交替配合了情感的转变，使读者在阅读中可以更好地把握其情感的转换。诗人灵活运用韵脚平仄的调换以显示情感的变化，或许非有意为之，而是辞随情迁，自然变换。后世作者对此多有借鉴，如杜甫的《自京赴奉先县咏怀五百字》《北征》等优秀长篇对此当有效仿。

虚词的使用亦对作者情感的抒发多有帮助甚至可化板滞为流畅。在《赠白马王彪》中，曹植多用"莫""不""必""何"等虚词，错落的使用增强了诗歌的情感节奏。诗中的虚词大体分为两类。一类为否定性的虚词，如"不""莫"等；另一类则为非否定性虚词，如"犹""其"等。否定性的虚词，是作者强烈情绪的体现，如"心悲动我神，弃置莫复陈"，这是承接上文之语，饱含对爱弟一去不再、人世短促难猜的无限感慨，情转哀痛。又如，"奈何念同生，一往形不归""年在桑榆间，影响不能追""仓卒骨肉情，能不怀苦辛"中，希望之渺茫，愿望之难成，一一由"不"字而显露。诗人情绪更为哀伤，既是对现实的无奈，又是对亲人的追念。否定性虚词对展露高昂不平的情绪有着重要作用，而非否定性虚词则使情绪转向悠长沉重。以诗作第七章为例，"苦辛何虑思，天命信可疑"一句中，"何"当为"一何"之省笔，表示程度——苦悲辛劳多么焦虑愁思，天命真可疑。此为首句，上承第六章末句反问的激切之情，而代之以情绪的绵长哀恸。又如"王其爱玉体，俱享黄发期"是第七章的结尾句，

"其"字为商量恳请之语，意为大王还请多珍爱身体，享受年老之乐！此已褪去了前几章激烈哀切的语气，转为对现实无奈的接受。总而言之，这些虚词增添了诗句的情感色彩，时而哀切激烈，时而平和悠长，虚词的交替，使得原本平淡的句子有了节奏的变化，在虚词的切换中，我们随着作者情绪的流动更容易把握情感的爆发点。

　　句式的变化也造成了诗歌情感的一波三折。诗歌的情感流动不仅体现在音节、虚词等方面，还与诗歌的句式有着密切的联系。感叹句为情感强烈之体现，疑问句、反问句、设问句等较之感叹句更能激荡情感，陈述句则较为平缓，三者的错落使用，恰如音乐之轻重缓急，井然有致。在《赠白马王彪》中，作者的情绪在思索人生的困惑、哀痛中难以抑制，时而用反问，时而用感叹，时而又用陈述，这样错落有致的安排，令诗歌的结构曲折有致，在读者心中造成层层的波涛，欲罢不能。在前三章中，作者皆用陈述的语句行文，平叙自己的遭遇，情感总体比较平缓。到了第四章，语气转为激烈，不仅体现在前文所说的韵脚转向入声，还体现在句式由陈述转向反问："欲还绝无蹊，揽辔止踟蹰。踟蹰亦何留？相思无终极。"诗人不禁反问，停留此处又有何益？思念亲人之情永无终极。前两句为第三章的末句，后两句为第四章的首句，情绪在陈述转至反问中登上了一个台阶，仿佛巨川入江，汹涌激荡。及至后面三章，反问与感叹不断出现，表明作者的情感已经难以压抑："仓卒骨肉情，能不怀苦辛？"手足兄弟仓促而逝，谁能又不伤痛呢？此处既是对前文自我安慰的否定，更是一种回到现实的痛苦，情绪由前文"丈夫志四海"的泛泛而谈，转向反问之跌宕；而"苦辛何虑思，天命信可疑"一句感叹前承上文的反问，又将这种情绪往更沉痛的状态推进，及至后文"变故在斯须，百年谁能持？离别永无会，执手将何时"，连续的发问，更显情感的激切。曹植成功地将情感的跌宕起伏，通过句式的转换表达出来，这也显示了作者对语言极强的把握能力。诗歌极具感染力，令人不忍卒读。

　　总之，诗人的情感抒发与文辞的错落安排相互交融，诗作跌宕起伏、感人至深，很好地展现了作者面对生命、离别、亲情乃至宇宙和人生的种种困惑、不解与激愤。诗作中悲痛且激愤的情感，随着旅途困顿、感物伤怀、运命无奈等主题一一展开，沉郁而动人心魄。正如陈祚明《采菽堂古诗选》所言，"至性缠绵，绝无组饰，而曲折动宕，置之《三百篇》中，谁曰不宜"，《赠白马王彪》不愧为代表汉魏风骨的杰出之作。

三、求仙求寿，志存理想

游仙之作，可溯及屈原的《远游》。黄节《曹子建诗注》云："屈原《远游》王逸章句：屈原履方直之行，不容于世，上为谗佞所谮毁，下为俗人所困极，章皇山泽，无所告诉，遂叙玄思托配仙人，与俱游戏，周历天地，无所不到。是游仙之作始自屈原。其后若乐府古辞之《董逃行》《步出夏门行》《王子乔》，及魏武之《气出唱》《陌上桑》《秋胡行》，文帝之《折杨柳行》等篇，相继而作。而子建《游仙》《五游》《远游》诸篇，则尤极意模仿屈原者也。"这段评论探讨了游仙题材的源头，大体准确。若从思想情感来看，游仙之作大体分为托意现实与求仙求寿两类，前者的代表为屈原、三曹，后者代表则为秦始皇时期的《仙真人歌》、汉乐府的《董逃行》《长歌行》等作。

黄初以来，曹植身处压抑的环境下，一直处于困顿、焦虑的精神状态之中，现实带来的痛苦和焦虑折磨着这颗本来意欲有所作为的心灵。在此心境下，曹植将目光投向游仙，聚焦于那个虚幻又充满期盼的仙境，这也是他暂求解脱的重要途径。黄初初年是他游仙诗创作的第一阶段。代表作有《飞龙篇》：

晨游泰山，云雾窈窕。忽逢二童，颜色鲜好。乘彼白鹿，手翳芝草。我知真人，长跪问道。西登玉台，金楼复道。授我仙药，神皇所造。教我服食，还精补脑。寿同金石，永世难老。

此诗为四言诗,以四言刻画仙境,更显得古雅飞逸。"晨游泰山,云雾窈窕。"秦汉时期,泰山被视为沟通天人之地,秦始皇、汉武帝曾封禅泰山,不无求仙求寿的想法。曹植首先营造了一幅如幻如梦、有若仙境的画面,诗人的精神也在幻想的场面中暂脱人世的苦闷,求得一丝安宁。诗人笔下的童子鲜丽美好,还乘着白鹿拿着芝草,超凡脱俗;至于仙境的楼阁,虽是人间的复刻,却时有一股仙气飘荡其中,玉台金楼,皆是前人向往的仙境。而后句"教我服食,还精补脑。寿同金石,永世难老",则直接抒发了其求寿求仙的愿望。曹植的求仙求寿,并不能简单地等同于汉乐府《董逃行》《长歌行》等求仙之作的主旨,他此刻的求仙,更多是寻求对现实的超越。其实,有时越是想超越现实,往往越是难以摆脱现实。

然而,现实的打击再一次冲击诗人的心灵,这便是黄初四年(223年)五月任城王暴薨事件。他由此开启了游仙诗的第二个创作阶段。此时的代表作有《仙人篇》《五游咏》等。在此阶段,曹植将对长生的愿望转向了对心灵自适的追求。此时,现实的压迫与困境,更让诗人倍有囚困之感,至于"十一年中而三徙都",更是让他的精神处于崩溃的边缘。诗人笔下多次写到"蓬草",其命运也好似离根之蓬草,随处飘迁,无有定所,飘零凄惨。在此背景下,曹植的游仙诗转向了对内心自由的追求。以《仙人篇》为例:

> 仙人揽六箸,对博太山隅。湘娥拊琴瑟,秦女吹笙竽。玉樽盈桂酒,河伯献神鱼。四海一何局,九州安所如。韩终与王乔,要我于天衢。万里不足步,轻举凌太虚。飞腾逾景云,高风吹我躯。回驾观紫微,与帝合灵符。阊阖正嵯峨,双阙万丈余。玉树扶道生,白虎夹门枢。驱风游四海,东过王母庐。俯观五岳间,人生如寄居。潜光养羽翼,进趋且徐徐。不见轩辕氏,升龙出鼎湖。徘徊九天上,与尔长相须。

"四海一何局,九州安所如",诗人直言现实不值得留恋,天下之大亦不值得前往,这当然是愤慨之语。自始至终都以"勠力上国,流惠下民"为志向的曹植正因对现实失望而作此反语。"韩终与王乔,要我于天衢"以下一段,主要是对仙境的想象性描绘,曹植对仙境的描写极其形象与生动。曹植吸取了汉大赋、汉乐府铺排的手法,对仙境的房屋、景物、方位、氛围等都作了细笔描绘。与此同时,曹植有自铸伟词,锤炼辞藻,对事物进行刻画。屈原《离骚》有"吾令帝阍开关兮,倚阊阖而望予",在曹植之前,阊阖不过是时人对天界的一个想象,没有确定的状貌。而到了曹植笔下,阊阖便是"嵯峨"之貌,"双阙万丈余"更使其形状呼之欲出。"玉树扶道生,白虎夹门枢"将前人对仙界的想象加以吸收,同时"扶""夹"这两个动词表现出玉树白虎之姿态,令人印象深刻。"俯观五岳间,人生如寄居"以下几句,曹植回望人世。既然尘世不值得留恋,又何以还要回望,为何又感叹呢?或许,凡尘虽然困顿,然而终究难以摆脱。因此,其后文仍念叨着轩辕,希望挣脱束缚后再次回到人间,以期实

山东东阿子建祠

现自己的理想。所谓"潜光养羽翼，进趣且徐徐"，这既是遨游仙境之愿，又是俟时建功的想法。朱乾评曰："托意仙人，志在养晦待时，意必有圣人如轩辕者，然后出而应之。所谓远可行于天下，而后行之者也。"曹植此诗不似《飞龙篇》求取长生的愿望，而是意在追求一种自由理想的状态，他对未来仍抱有幻想与期待。

在仙气飘飘的游仙诗中，曹植无论意在长寿还是向往自由，其愿望始终围绕着他的理想而展开。然而，现实的困境却不断地敲击着他的心灵。在不断的打压下，曹植最终不甘地闭上了双眼，离开了这个他爱得深沉又充满遗憾的世界，葬在了他晚年心向往之的东阿鱼山。

四、建安之杰，垂范后世

曹植的作品获得了当世与后世极高的赞誉，作为建安七子之一的陈琳评价道：

> 君侯体高世之才，秉青萍干将之器，拂钟无声，应机立断，此乃天然异禀，非钻仰者所庶几也。音义既远，清辞妙句，焰绝焕炳，譬犹飞兔流星，超山越海，龙骥所不敢追，况于驽马，可得齐足！

陈琳不但赞扬其才华卓绝，还从音声、辞藻等角度高度赞扬了曹植创作之高妙，评价甚高。西晋时期，曹植的作品得到上至皇帝、下至文士的喜爱。南朝沈约《宋书·谢灵运传论》：

> 自汉至魏，四百余年，辞人才子，文体三变。相如巧为形似之言，班固长于情理之说，子建、仲宣以气质为体，并标能擅美，独映当时。

沈约将曹植视为文学发生转折的关键人物，评价不可谓不高。南朝梁钟嵘《诗品》评曰：

> 骨气奇高，词采华茂。情兼雅怨，体被文质，粲溢今古，卓尔不群。嗟乎！陈思之于文章也，譬人伦之有周孔，鳞羽之有龙凤，音乐之有琴笙，女工之有黼黻。俾尔怀铅吮墨者，抱篇章而景慕，映余晖以自烛。故孔氏之门如用诗，则公干升堂，思王入室，景阳潘陆，自可坐于廊庑之间矣。

钟嵘将曹植的诗歌奉为诗歌美学理想的典范，并将其诗歌视为内容（骨气奇高）与形式（辞采华茂）完美结合的典范，而王粲、刘桢等人仅得其一，而张景阳、潘岳与陆机则只能在廊庑之间。在《诗品序》中还称曹植为"建安之杰"，又将他与周公、孔子这两位儒家圣人相提并论，这些评价可谓是对一位诗人最高的赞誉。从以上评论中，我们不难看出，曹植的文学成就在生前身后都获得了巨大的赞誉。而声誉的来源，在于文学成就，也在于其坎坷身世。

从文学上看，曹植的诗歌达到了极高的艺术水准，对后世文学发展产生了较大影响。曹植《赠白马王彪》与游仙诗等作品，以富艳的文辞、对仗工稳的句子，还有细致的铺排、巧妙的章法、多变的手法（比喻、象征、拟人、反问和想象等），成为辞采华茂的代表；同时，富有感染力且慷慨多气的作品，使其情感达到了动人心神、情辞兼备的艺术水准，成为骨气奇高的典范。而曹植诗歌的开创之功，也为他赢得了巨大的声誉。后世许多大诗人从曹植诗歌中汲取养分而进一步创新。明代胡应麟《诗薮》曰："《鰕䱇篇》，太冲《咏史》所自出也；《远游篇》，景纯《游仙》所自出也；'南国有佳人'等篇，嗣宗诸作之祖；'公子爱敬客'等篇，士衡群制之宗。诸子皆六朝巨擘，无能出其范围。"这一评价，实为确论。曹植作品的原创性贡献，将五言诗推向了高峰。刘勰《文心雕龙》评价建安诗歌时，用"五言腾踊"一词来概括此时诗歌创作的状况，而曹植则对"五言腾踊"起到了重要作用。在此之后，五言诗成为诗歌创作的主流，南朝钟嵘在《诗品序》中记录了当时五言诗创作的盛况："五言居文词之要，是众作之有滋味者也，故云会于流俗……今之士俗，斯风炽矣。"当时五言诗创作成为主流诗体，若没有曹植等人的推动，五言诗或许还要推迟一些才能取得如此地位与成就。因此，曹植不仅是建安文学的杰出代表，也是后世诗家效仿的模范。

然而，相较于曹植的文学而言，其身世之坎坷，或许更能引起后世文人的共鸣，从而得到历代文人的喜爱与推崇。曹植青年时意气风发，志比青云，数次差点被立为太子，在《与杨德祖书》中曾自信地说：

> 吾虽薄德，位为藩侯，犹庶几戮力上国，流惠下民，建永世之业，流金石之功，岂徒以翰墨为勋绩，辞颂为君子哉！若吾志不果，吾道不行，示将采史官之实录，辨时俗之得失，定仁义之衷，成一家之言，虽未能藏之于名山，将以传之同好，此要之皓首，岂可以今日之论乎？其言之不怍，恃惠子之知我也。

曹植信中首要表达的志向便是"勠力上国，流惠下民"，他希望"建永世之业，流金石之功"，进而实现"不朽"。退而求之，著书立说，流芳后世。然而，现实并未从其所愿，不仅压抑着曹植建功立业的理想，还不断侵蚀着他的精神世界。曹植最终只好拿起笔来进行诗文的创作，宽慰己怀，以期暂脱人世的苦闷之境。曹丕一句"文章乃经国之大业，不朽之盛世"成为抬高文学价值的宣言，却忘了"诗穷而后工"的人生困顿。

曹植才高志远，却处于弱者的地位，其人生坎坷、志愿不遂，很容易引起后世失意文人的共鸣。南朝刘勰《文心雕龙》提到"文帝以位尊减才，思王以势窘益价"，这是当时之人的普遍看法，也说明了曹植的处境易于引起时人的怜悯，从而使得其文学地位不断提高。

总之，曹植是汉魏诗人的杰出代表，其诗歌所表现出理想与现实的困境感动着一代又一代的诗人,也为诗家提供了重要的诗歌艺术资源,足以垂范后世,楷模诗坛。曹植诗作中的骨气与仙气,也似乎是诗人难以逾越的魔咒:或许,越是想超越凡尘,越是在人世间沉沦!

拓展阅读:曹植《洛神赋》

黄初三年,余朝京师,还济洛川。古人有言,斯水之神,名曰宓妃。感宋玉对楚王神女之事,遂作斯赋。其辞曰:

余从京域,言归东藩,背伊阙,越轘辕,经通谷,陵景山。日既西倾,车殆马烦。尔乃税驾乎蘅皋,秣驷乎芝田,容与乎阳林,流眄乎洛川。于是精移神骇,忽焉思散。俯则未察,仰以殊观。睹一丽人,于岩之畔。乃援御者而告之曰:"尔有觌于彼者乎?彼何人斯,若此之艳也!"御者对曰:"臣闻河洛之神,名曰宓妃。然则君王之所见也,无乃是乎!其状若何?臣愿闻之。"

余告之曰:其形也,翩若惊鸿,婉若游龙。荣曜秋菊,华茂春松。仿佛兮若轻云之蔽月,飘飖兮若流风之回雪。远而望之,皎若太阳升朝霞;迫而察之,灼若芙蕖出渌波。秾纤得衷,修短合度。肩若削成,腰如约素。延颈秀项,皓质呈露。芳泽无加,铅华弗御。云髻峨峨,修眉联娟。丹唇外朗,皓齿内鲜。明眸善睐,靥辅承权。瑰姿艳逸,仪静体闲。柔情绰态,媚于语言。奇服旷世,骨像应图。披罗衣之璀粲兮,珥瑶碧之华琚。戴金翠之首饰,缀明珠以耀躯。践远游之文履,曳雾绡之轻裾。微幽兰之芳蔼兮,步踟蹰于山隅。于是忽焉纵体,以遨以嬉。左倚采旄,右荫桂旗。攘皓腕于神浒兮,采湍濑之玄芝。

余情悦其淑美兮,心振荡而不怡。无良媒以接欢兮,托微波而通辞。愿诚素之先达兮,解玉佩以要之。嗟佳人之信修兮,羌习礼而明诗。抗琼珶以和予兮,指潜渊而为期!执眷眷之款实兮,惧斯灵之我欺。感交甫之弃言兮，怅犹豫而狐疑。收和颜而静志兮，申礼防以自持。

于是洛灵感焉，徙倚彷徨。神光离合，乍阴乍阳。竦轻躯以鹤立，若将飞而未翔。践椒涂之郁烈，步蘅薄而流芳。超长吟以永慕兮，声哀厉而弥长。尔乃众灵杂沓，命俦啸侣。或戏清流，或翔神渚，或采明珠，或拾翠羽。从南湘之二妃，携汉滨之游女。叹匏瓜之无匹兮，咏牵牛之独处。扬轻袿之猗靡兮，翳修袖以延伫。体迅飞凫，飘忽若神。陵波微步，罗袜生尘。动无常则，若危若安；进止难期，若往若还。转眄流精，光润玉颜。含辞未吐，气若幽兰。华容婀娜，令我忘餐。

（晋）顾恺之绘《洛神赋图》（局部）

于是屏翳收风，川后静波。冯夷鸣鼓，女娲清歌。腾文鱼以警乘，鸣玉銮以偕逝。六龙俨其齐首，载云车之容裔。鲸鲵踊而夹毂，水禽翔而为卫。于是越北沚，过南冈，纡素领，回清扬。动朱唇以徐言，陈交接之大纲。恨人神之道殊兮，怨盛年之莫当。抗罗袂以掩涕兮，泪流襟之浪浪。悼良会之永绝兮，哀一逝而异乡。无微情以效爱兮，献江南之明珰。虽潜处于太阴，长寄心于君王。忽不悟其所舍，怅神宵而蔽光。

于是背下陵高，足往神留。遗情想像，顾望怀愁。冀灵体之复形，御轻舟而上溯。浮长川而忘反，思绵绵而增慕。夜耿耿而不寐，沾繁霜而至曙。命仆夫而就驾，吾将归乎东路。揽騑辔以抗策，怅盘桓而不能去。

第六讲

寡妇、孤鸿与竹林——阮籍《咏怀诗》的无常与逍遥

在中国历史中，正始时期是政治较为黑暗的时期，却也是精神世界复杂璀璨的时代。竹林名士啸歌山林，不拘礼法，成为古代士人独立人格的典范。竹林七贤，指嵇康、阮籍、阮咸、山涛、向秀、刘伶、王戎七位名士，他们邀游竹林、任诞不羁。竹林七贤之中，文学成就最高的当属阮籍，尤其是其《咏怀诗》八十二首，以寄托遥深的艺术风格，表达魏晋名士表面放达背后内心的苦闷情绪，并巧妙运用比兴艺术及象征手法，"厥旨渊放，归趣难求"的诗歌主旨正是其个体生命与时代境遇的融合，是苦闷的象征，是存在的虚无，是理想与现实的抗争，是生命的无奈……或许，不必求其具体所指，玩其诗味，体会存在本身的无常，领悟逍遥背后的无助，理解诗人的孤独，才能知道生命的真谛。

一、傲然独得，任性不羁

陈留阮氏家族，是魏晋时期重要的文学世家。阮籍的父亲阮瑀是建安七子之一，尤以文采著称于世，其书记、章表文章深得时人赏识。阮瑀精通音乐、擅长文学创作，其文艺基因也遗传给了阮籍。阮籍出生不久，他的父亲便离世。孤儿寡母的凄苦无依生活，成为建安文士怜悯同情的对象，也为阮籍作品中深层的孤独感打下了根基。建安文士王粲《寡妇赋》写道：

> 阖门兮却扫，幽处兮高堂。提孤孩兮出户，与之步兮东厢。顾左右兮相怜，意凄怆兮摧伤。观草木兮敷荣，感倾叶兮落时。人皆怀兮欢豫，我独感兮不怡。日掩暧兮不昏，朗月皎兮扬晖。坐幽室兮无为，登空床兮下帷。涕流连兮交颈，心惛结兮增悲。

王粲作品多"愀怆之词",其赋作妙在写景、写境。"阖门兮却扫,幽处兮高堂",此处起笔不凡,将遗孀孤独百无聊赖之心境全盘托出。赋作以"顾""观""感""坐""登"等一系列动作写遗孀坐立不安、孤苦无依的状态。"顾弱子而复停",幼子的存在,让遗孀多了坚强生活的理由。"弱子"应该就是阮籍,当时年仅三岁。

阮籍虽然年幼失怙,却勤学聪慧、志向高远。据《晋书》记载:

> 籍容貌瑰杰,志气宏放,傲然独得,任性不羁,而喜怒不形于色。或闭户视书,累月不出;或登临山水,经日忘归。博览群籍,尤好《庄》《老》。嗜酒能啸,善弹琴。当其得意,忽忘形骸。时人多谓之痴,惟族兄文业每叹服之,以为胜己,由是咸共称异。

阮籍"嗜酒能啸,善弹琴当其得意,忽忘形骸",此点与名士风范十分契合,然而在礼法之士眼中,阮籍是"痴",这或许只是表面的佯狂。

阮籍本有济世之志,但魏晋之际,天下多变故,名士少有全者,阮籍因此不参与世事,以酣饮为乐。太尉蒋济听说阮籍有隽才,就征召他为官。阮籍推辞不仕,作《诣蒋公奏记辞辟命》曰"方将耕于东皋之阳,输黍稷之余税,以避当途者之路",其躬耕东皋的志趣,开启了陶渊明"静寄东轩"之先河。其后,曹爽辅政,阮籍以疾辞归田里,不久曹爽被诛,时人服其远识。如何在复杂的政治环境中保全自己,是阮籍现实生活中关注的重要话题。酣饮本身,对于阮籍而言,或许并非快乐,只是为了避祸而已,因此阮籍在其《咏怀诗》中,很少谈到酒,这和陶渊明诗作似乎"篇篇有酒"差别很大。

阮籍的傲然与任达,在《晋书》及《世说新语》中颇多记录。阮籍醉酒避祸、放浪形骸。阮籍听说步兵厨营人善酿,有贮酒三百斛,就求为步兵校尉。阮籍虽不拘礼教,然而发言玄远,口不臧否人物。他表面至慎,内心明了,其实心中颇为苦闷。阮籍又能为青白眼,见礼俗之士,以白眼对之，因此礼法之士疾之若仇，多亏司马氏在背后保护他。

阮籍"外坦荡而内淳至"，这样的个性，往往喜怒不形于色，表面豁达，其实内心非常细腻复杂。阮籍性至孝，母亲去世，狂饮酒，举声一号，吐血数升，在相依为命的母亲辞世之际，儒家的礼法与道家的洒脱对于阮籍而言皆无意义，此时只有"情之所钟，正在我辈"的一往深情与无尽哀思。裴楷去吊唁，阮籍散发箕踞，醉而直视，裴楷吊唁完毕便离去了。有人问裴楷："凡吊者，主哭，客乃为礼。籍既不哭，君何为哭？"裴楷曰："阮籍既方外之士，故不崇礼典。我俗中之士，故以轨仪自居。"时人叹为两得。表面不拘礼法之士，内心或许真正是信服礼教的，他们只是看不惯打着名教旗号的虚伪之人。阮籍曾说："礼岂为我设邪！"《晋书》载："邻家少妇有美色，当垆沽酒。籍尝诣饮，醉，便卧其侧。籍既不自嫌，其夫察之，亦不疑也。兵家女有才色，未嫁而死。籍不识其父兄，径往哭之，尽哀而还。"此皆可见阮籍之真性情。

与嵇康轻肆直言、遭受迫害不同，阮籍"以寿终"，不过，阮籍的追求并非只是止于眼前的苟且，他不断审视现实，用诗歌追问生命的意义。孤苦无依的阮籍，自幼就显示出不合俗流、放达不羁的个性，然而其内心淳朴谨慎，性格的复杂、现实的落差，皆通过隐晦委婉的方式融入笔端。阮籍，先是建安时代的《寡妇赋》中的孤儿，又成为正始时期士人苦闷的象征。阮瑀《七哀诗》写道："良时忽一过，身体为土灰""出圹望故乡，但见蒿与莱"，其中生命的无常、人生的荒芜感，成为阮籍继续叙写的重要话题。

（唐）孙位绘《高逸图·阮籍》（局部）

二、生命无常，孤鸿无依

阮籍《咏怀诗》并非一时一地之作，其中十七首被南朝萧统收入《昭明文选》，并将其列为"咏怀类"。也许，阮籍在创作这些作品时并无题目。《文选》李善注曰："籍属文初不苦思，率尔便作，成陈留八十余篇。此独取十七首。咏怀者，谓人情怀。籍于魏末晋文之代，常虑祸患及己，故有此诗。多刺时人无故旧之情，逐势利而已。观其体趣，实为幽深，非夫作者不能探测之。"阮籍创作这些诗作，率尔成篇，随感而发，诗歌意象丰富多变，话语方式较为即兴、絮语，甚至有些重复无序。"魏末晋文之代，常虑祸患及己，故有此诗"，政局的动荡与黑暗，让阮籍时常保持忧虑情绪，"心焦"成为其内心独白，而"孤鸿"则成为其孤独自我的真实写照。《咏怀诗》其一：

夜中不能寐，起坐弹鸣琴。薄帷鉴明月，清风吹我衿。孤鸿号外野，朔鸟鸣北林。徘徊将何见？忧思独伤心。

（明）莫是龙书《阮籍〈咏怀诗·夜中不能寐〉》（局部）

该诗由象写意，通过明月、清风、孤鸿等意象，描绘彷徨抑郁的抒情主人公形象。诗作重在营造氛围，烘托清冷孤独的外部环境，由此展现诗人忧思伤心的复杂情绪。"夜中不能寐"，与《邶风·柏舟》中"耿耿不寐，如有隐忧"的忧愤之情颇有相似之处，只不过阮籍写得更加隐晦含蓄。忧思之深，无以倾诉，郁积心中，发诸笔端，为《咏怀诗》八十余篇作品定下了主音和基调。王粲《七哀诗》写道，"独夜不能寐，摄衣起抚琴"，或许，阮籍在清夜苦闷彷徨之际，也想到了王粲曾经的悲苦。何以解忧？唯有琴音。琴音悲伤，诗人陷入更深的忧愁之中。与王粲诗作思乡心切、壮志难酬的心境不同，阮籍诗作写出了更加深层复杂的忧思。眼前，阮籍看到的是月光一样的明澈之境，感受到的是清风带来的内心波动；远处，则是孤鸿独翔，朔鸟哀鸣，一切都是荒寒冷漠、混乱无序，诗人彷徨徘徊之余，还能见到什么？或许阮籍不想清醒，只能斯人独憔悴。钟嵘《诗品》曰："《咏怀》之作，可以陶性灵，发幽思。言在耳目之内，情寄八荒之表。洋洋乎会于《风》《雅》，使人忘其鄙近，自致远大，颇多感慨之词。"诗作言近意远的特点，正是由于阮籍善用象征笔法、比兴抒怀，因此境界阔大，情思幽深，足以陶人性情。

忧思，仅仅是阮籍内心波澜的几许回声。他对人世间一切事物的变化无常十分敏感，并在其诗作中反复叙写无常现实。佛家认为的无常，指事物的生灭无定，万物处于变化之中。汉魏以来，诗人着重描写"迁逝之悲""忧生之嗟"，比如《回车驾言迈》：

回车驾言迈，悠悠涉长道。四顾何茫茫，东风摇百草。
所遇无故物，焉得不速老？盛衰各有时，立身苦不早。
人生非金石，岂能长寿考？奄忽随物化，荣名以为宝。

时间，对于汉末士人而言，是变化无常的。"焉得不速老"，写出了人生面对时光流逝的无奈，他们只能"荣名以为宝"，在无常的时间中，寻找个体实现的价值。然而，阮籍认为，荣名也是无常的。人世间的生命、友情、富贵，对于阮籍来说，都是无常的。这种永恒的变化感、幻灭感，让阮籍觉得生命中似乎没有值得寻求的价值。没有价值，并非源于虚无，而是太希望获得存在的意义。

阮籍《咏怀诗（其四）》：

　　天马出西北，由来从东道。春秋非有托，富贵焉常保。清露被皋兰，凝霜沾野草。朝为媚少年，夕暮成丑老。自非王子晋，谁能常美好？

该诗由"天马"发端，比喻万事无定。随后，笔势一泄而发，春秋更替没有休止，荣华富贵难以持久。"朝为媚少年，夕暮成丑老"，道尽了人世无常、瞬息万变的现实。朝夕之间，人生如梦，惊心动魄，意在言外。

既然生命注定是短暂的，富贵也是难以保持的，人世间的价值和幸福何在？在人与人之间，人与社会之间，是否可以寻找到生命的意义？

阮籍《咏怀诗（其二）》：

　　二妃游江滨，逍遥顺风翔。交甫怀环佩，婉娈有芬芳。猗靡情欢爱，千载不相忘。倾城迷下蔡，容好结中肠。感激生忧思，萱草树兰房。膏沐为谁施，其雨怨朝阳。如何金石交，一旦更离伤。

诗人以江妃二女的故事为喻，描写郑交甫的痴情，以及求之不得的感伤。《列仙传》载："顾二女忽然不见。"等待和追求能够换回什么？或许是人与人之间忽然不见的邂逅与转身。"膏沐为谁施"，这或许是一己之见的执念。正如"宛在水中央"的伊人，又如"无良媒以接欢兮，托微波而通辞"的洛神，追寻的结果往往是徒劳，只留下"如何金石交，一旦更离伤"的疑惑与无奈。黄侃曰："人情无定若此，虽复金石之交，庸足赖乎?"阮籍认为,人情的慰藉与依赖,也是无定、不可靠的。

阮籍深知生命无常,对于世俗士、夸毗一、佞邪子等人物皆持有批判讥刺的态度。如《咏怀诗(其五十三)》:

自然有成理,生死道无常。智巧万端出,大要不易方。如何夸毗子,作色怀骄肠。乘轩驱良马,凭几向膏粱。被服纤罗衣,深榭设闲房。不见日夕华,翩翩飞路傍。

谄媚之人,一时得势,最终结果还是犹如傍晚落花,为人不齿。正因为阮籍经历了正始时期政治的动荡与更迭,感悟出自然永恒的道理,对于各色人物的智巧虚伪,常常怀有激愤和讥刺之情。他看透了人世间的变幻,披露人类的怨毒。这种人性的恶意,是人类在复杂险恶的现实环境中,保全并成就自己的方式之一,或许源自人性本身的邪恶与伪饰,不是"自然之至真"的"大人先生"。

阮籍笔下,充满变化与选择,本质却是无法把握未来与难以抉择的悲哀。于是"忽""路""伤心""憔悴"等语充满字里行间,填满《咏怀诗》的情感空间,留下诗人孤独的自我。

阮籍《咏怀诗(其六十二)》:

平昼整衣冠,思见客与宾。宾客者谁子?倏忽若飞尘。裳衣佩云气,言语究灵神。须臾相背弃,何时见斯人。

此首作品,摈弃了孤独的意象书写,仅写朦胧恍惚的情思。故人难寻,恍若飞尘,正是阮籍内心精神涣散、无人可诉的写照。黄侃评曰:"眼中之人,忽为尘土。虽复裳衣华美,言语通神,而重见之因竟失。阮公其有悲于叔夜泰初之事乎?"故人不在,怅然若失,或许在此。阮籍之"痴",痴在深情,迷在自我的觉醒,而世俗之人,随波逐流,不怀执念,却少真诚。

阮籍笔下的"路",有"险路""狭路""歧路"等。如《咏怀诗(其七十二)》:

> 修涂驰轩车,长川载轻舟。性命岂自然,势路有所由。高名令志惑,重利使心忧。亲昵怀反侧,骨肉还相仇。更希毁珠玉,可用登遨游。

路,暗喻人类存在及取舍的途径。势路,指通往权势的渠道。此路,又和狭路、歧路相似,看似飞黄腾达,却往往带来幻灭之灾。黄节注引蒋师爚曰:"势路有二:曰名、曰利。趋之则性命不顾,安知骨肉!"高名致惑,重利致忧,超然世表,可以无累。

明知种种世患,世人却趋之若鹜,阮籍心中充满焦虑,无法摆脱现实的困境。《咏怀诗(其三十三)》曰:

> 一日复一夕,一夕复一朝。颜色改平常,精神自损消。胸中怀汤火,变化故相招。万事无穷极,知谋苦不饶。但恐须臾间,魂气随风飘。终身履薄冰,谁知我心焦!

时间和未来,对阮籍来说,似乎已经没有意义。陈沆说:"此遁世自修之辞也。"《小雅·小宛》:"战战兢兢,如履薄冰。"《郑笺》:"衰乱之世,贤人君子虽无罪犹恐惧。"钟嵘《诗品》评价阮诗:"其源出于《小雅》。"何焯曰:"其悯时病俗,忧伤之旨,岂有二哉?阮公之时与世,真《小雅》之时与世也,其心则屈子之心也。"愤世嫉俗之人,往往心怀赤诚之心,故难以看惯世俗,阮公与屈原可谓易代同调。

不过,与屈原高贵不屈的人格不同,阮籍并未奋力与现实抗争,他只是流露出对现实世界的不满,然后独自哀伤,即使发出讥刺的声音,也无人来听。只能收敛羽翼，怆然心伤。《咏怀诗（其七十九）》：

> 林中有奇鸟，自言是凤凰。清朝饮醴泉，日夕栖山冈。高鸣彻九州，延颈望八荒。适逢商风起，羽翼自摧藏。一去昆仑西，何时复回翔！但恨处非位，怆恨使心伤。

林中奇鸟，实际上就是阮籍自况，他生不逢时，身处乱世，无法施展自己的抱负，只能栖息山岗，飞去昆仑仙境，远离世俗之境。黄侃曰："奇若凤凰，亦有摧藏。"作为竹林名士，嵇康龙性难驯，而阮籍"自言是凤凰"，二人虽有奇才异秉，却处非其位，嵇康被害，阮籍也只能远游避祸。

三、逍遥物外，翱翔太极

阮籍写道"多虑令志散，寂寞使心忧"，表现出佯狂的一面。借酒避祸的阮籍，内心异常敏感与清醒。情郁于中，如何排遣苦闷？阮籍登高览胜，借景遣忧。《咏怀诗（其九）》：

> 步出上东门，北望首阳岑。下有采薇士，上有嘉树林。良辰在何许，凝霜沾衣衿。寒风振山冈，玄云起重阴。鸣雁飞南征，鶗鴂发哀音。素质游商声，凄怆伤我心。

诗人走上城门，远眺首阳山，想到的是先贤伯夷、叔齐的栖逸情操。然而盛世何在？寒风、乌云、孤雁，预示着秋季来临。世界处于萧瑟之境。游览之余，阮籍徒增几许凄凉感。方东树曰："因乱极而思首阳。"阮籍登临游览，尚未和谢灵运一样，将山水作为审美观照来呈现，因此登临怀古，往往却是愁上加愁。

阮籍内心孤寂，昔日竹林之友已经散去，他更加渴望寻求知音，因而在想象的世界里，寻找精神慰藉。《咏怀诗（其十九）》：

> 西方有佳人，皎若白日光。被服纤罗衣，左右佩双璜。修容耀姿美，顺风振微芳。登高眺所思，举袂当朝阳。寄颜云霄间，挥袖凌虚翔。飘飘恍惚中，流盼顾我傍。悦怿未交接，晤言用感伤。

追慕神女，屈原《离骚》即开始叙写，曹植《洛神赋》更是将洛水神女刻画得惟妙惟肖。这些神女形象，也是诗人美好理想的寄托。阮籍笔下的佳人容貌非凡。诗人通过登高、举袂、挥袖等动作，描绘出神女若即若离、缥缈恍惚的状态，然而美好的事物，往往是可望而不可即。"悦怿未交接，晤言用感伤。"阮诗善于捕捉情感的波动，这种波动往往是细微的，且常以失落感伤告终。

于是，阮籍寄迹山林，在想象的神仙世界中寻找逍遥。《咏怀诗（其三十五）》：

> 世务何缤纷，人道苦不遑。壮年以时逝，朝露待太阳。愿揽羲和辔，白日不移光。天阶路殊绝，云汉邈无梁。濯发旸谷滨，远游昆岳傍。登彼列仙岨，采此秋兰芳。时路乌足争，太极可翱翔。

世间事物纷乱无序，人们疲于奔命。壮年已逝，生命短暂。天阶路绝，云汉无梁，阮籍不甘于随波逐流，于是远游昆冈，求仙采芳。黄侃曰："衰荣无定，人道可悲。思欲上友列仙，翱翔太极，而天阶殊绝，云汉无梁，则神仙终不可冀。穷途之叹，岂虚也哉！"阮籍试图逍遥物外，在想象的神仙世界里寻求一方乐土，然而仙境本身就是虚妄的。诗人穷途而返，正因为他寻求不到真正解脱之途径。

如何排遣忧思、安顿心灵，一直是古代文士叙写的重要话题。幼年失怙、生性敏感的阮籍，青年时正值汉魏更替，暮年又目睹魏晋禅代，他看遍了人世间的无常，虽然"诗杂仙心"，寻求超越，却仍然睥睨着尘世间的苦楚与孤寂。"世患"成为《咏怀诗》难以释怀的永恒困境。《咏怀诗（其三十二）》：

朝阳不再盛，白日忽西幽。去此若俯仰，如何似九秋？人生若尘露，天道邈悠悠。齐景升丘山，涕泗纷交流。孔圣临长川，惜逝忽若浮。去者余不及，来者吾不留。愿登太华山，上与松子游。渔父知世患，乘流泛轻舟。

俯仰之间，生命流逝，齐景公因此流涕，孔子惜时而叹息。阮籍希望求仙避祸，与赤松子同游。屈原流放江边，形容枯槁，渔父希望他随波逐流，屈原并未听从，渔父随后莞尔而笑，鼓枻而去。既然"世患"难以避免，又何必"举世皆浊我独清"？黄侃曰："人道之促，自古所嗟，唯从赤松子、随渔父，庶几永脱世患也。"屈原、嵇康，皆愤世嫉俗，执着自我，虽然罹祸，却也光辉壮烈。阮籍深知"世患"之深，因而希望遗世独立，保全自我，实际上，生逢乱世，能够避祸已经实属不易。何谓逍遥？对于阮籍而言，神仙世界或许只是远离尘世的借口。

四、萧萧笛音，竹林遗韵

阮籍生命的最后两年见证了魏晋政权更迭。景元三年（262年），他目睹了竹林友人嵇康惨遭杀戮，第二年又见证了司马昭进爵禅代的进程。当时司徒郑冲率群臣劝进，阮籍难以推辞，乃作《为郑冲劝晋王笺》。之后不久，阮籍便与世长辞，竹林文士集团也各赴东西。

我们可以在数年之后向秀的《思旧赋》中窥见魏晋之际士人心态的转

变,其辞云:

余与嵇康、吕安居止接近,其人并有不羁之才。然嵇志远而疏,吕心旷而放,其后各以事见法。嵇博综技艺,于丝竹特妙。临当就命,顾视日影,索琴而弹之。余逝将西迈,经其旧庐。于时日薄虞渊,寒冰凄然!邻人有吹笛者,发声寥亮。追思曩昔游宴之好,感音而叹,故作赋云:

将命适于远京兮,遂旋反以北徂。济黄河以泛舟兮,经山阳之旧居。瞻旷野之萧条兮,息余驾乎城隅。践二子之遗迹兮,历穷巷之空庐。叹《黍离》之愍周兮,悲《麦秀》于殷墟。惟追昔以怀今兮,心徘徊以踌躇。栋宇在而弗毁兮,形神逝其焉如。昔李斯之受罪兮,叹黄犬而长吟。悼嵇生之永辞兮,顾日影而弹琴。托运遇于领会兮,寄余命于寸阴。听鸣笛之慷慨兮,妙声绝而复寻。伫驾言其将迈兮,故援翰以写心。

嵇康恃才傲物、任性适意,结果却迎来"以事见法"的悲剧;顾日弹琴、笛声萧瑟,奏出的乃是"竹林之游"的挽歌。该赋情蕴深厚、意悲而远,表达出魏晋之际士人复杂的心态以及深沉的感慨:"践二子之遗迹兮,历穷巷之空庐"是对人去庐空、斯人已逝的哀思;"叹《黍离》之愍周兮,悲《麦秀》于殷墟"是对故国衰亡、变幻无常的慨叹;"惟追昔以怀今兮,心徘徊以踌躇"是对往昔逝去、未来不定的忧虑;"托运遇于领会兮,寄余命于寸阴"是对蹉跎岁月、美好生活的眷恋……《文选》将该赋归入"哀伤"类,可谓颇具慧眼。何焯《义门读书记》论曰:"不容太露,故为词止此,晋人文尤不易及也。""不容太露"者,既是对魏晋易代敏感话题的回避,同时也是对于正始士人"越名任性"的生活方式的诀别。此赋显示出浓厚的无常感与幻灭感,与阮籍《咏怀诗》颇为相似。一个时代结束了!留下了竹林记忆,还有阮籍《咏怀诗》。

◎ 第六讲 寡妇、孤鸿与竹林——阮籍《咏怀诗》的无常与逍遥 ◎ 123

阮籍《咏怀诗》以其悲怆底色写出正始时期文士苦闷的心声，他以冷静及峻切的笔法，批判现实、讥刺世俗，继承《小雅》遗音。委婉幽深的比兴、层叠丰富的象征笔法背后，是一个内心复杂彷徨的抒情主人公形象。刘勰《文心雕龙》曰："阮籍使气以命诗。"阮籍胸中多不平之气，故不得不发诸笔端。王夫之曰："步兵《咏怀》，自是旷代绝作，远绍《国风》，近出入于《十九首》，而以高朗之怀，脱颖之气，取神似于离合之间，大要如晴云出岫，舒卷无定质。"阮籍诗作兴象高远、寄托幽深，成为正始之音的代表作品。阮籍作品及其形象也成为后世文艺作品再度创作的重要主题。后世关注其作品及形象，或嗜酒，或苦闷，或放达，除了史书记载之外，在画作及音乐作品中也有呈现。南京西善桥附近出土的南朝砖画《竹林七贤与荣启期》可以加深世人对阮籍形象的认识。

南京西善桥砖画《竹林七贤与荣启期》(局部)

砖画中的第一个人物是嵇康，第二个人物为阮籍，其身后是一棵槐树。阮籍头戴巾帻，身着长袍，赤足而坐，他左手撑地，侧身作啸状，身旁有酒器。此画形象刻画出阮籍擅长啸歌、饮酒释怀的名士形象，其侧倾的形态，仿佛是与周遭现实抗争下的心灵写照。

阮籍苦闷的形象，还被古琴曲《酒狂》演绎过。《神奇秘谱》收录此曲，其题解曰："是曲者，阮籍所作也。籍叹道之不行，与时不合，故忘世虑于形骸之外，托兴于酣酒，以乐终身之志。其趣也若是，岂真嗜于酒耶？有道存焉，妙妙于其中，故不为俗子道，达者得之。"近代琴家姚丙炎将此曲重新打谱,用三拍子的节奏,巧妙演绎出阮籍醉酒癫狂的神态。琴曲中苦闷情绪呈现不多,后人从此曲中可以感悟出竹林名士阮籍寄酒为迹的生命情怀。

斯人已逝,在向秀笔下的笛音中,在琴曲《酒狂》的佯狂沉醉中,人们不断回首竹林,感悟竹林名士存在的意义,领略阮籍《咏怀诗》笔下的无常抒写,去用心灵最微妙的悸动,叙写对世俗生活的抗争与超越,追寻个体自由的逍遥之境。

(明)《神奇秘谱·酒狂》(明刻本)书影

拓展阅读

阮籍《大人先生传》(节选)

  大人先生盖老人也。不知姓字。陈天地之始,言神农、黄帝之事,昭然也。莫知其生平年之数,尝居苏门之山,故世或谓之。问养性延寿,与自然齐光。其视尧舜之所事若手中耳。以万里为一步,以千岁为一朝,行不赴而居不处,求乎大道而无所寓。先生以应变顺和,天地为家,运去势隤,魁然独存,自以为能足与造化推移,故默探道德,不与世同。自好者非之,无识者怪之,不知其变化神微也。而先生不以世之非怪而易其务也。先生以为中区之在天下,曾不若蝇蚊之着帷,故终不以为事,而极意乎异方奇域,游览观乐,非世所见,徘徊无所终极。遗其书于苏门之山而去,天下莫知其所如往也。

  或遗大人先生书曰:"天下之贵,莫贵于君子:服有常色,貌有常则,言有常度,行有常式;立则磬折,拱若抱鼓,动静有节,趋步商羽,进退周旋，咸有规矩。心若怀冰，战战栗栗，束身修行，日慎一日，择地而行，唯恐遗失，诵周孔之遗训，叹唐虞之道德，唯法是修，唯礼是克，手执珪璧，足履绳墨。行欲为目前检，言欲为无穷则；少称乡间，长闻邦国，上欲图三公，下不失九州牧。故挟金玉，垂文组，享尊位，取茅土，扬声名于后世，齐功德于往古；奉事君王，牧养百姓，退营私家，育长妻子，卜吉而宅，虑乃亿祉。远祸近福，永坚固已。此诚士君子之高致，古今不易之美行也。今先生乃被发而居巨海之中，与若君子者远，吾恐世之叹先生而非之也。行为世所笑，身无由自达，则可谓耻辱矣。身处困苦之地，而行为世俗之所笑，吾为先生不取也。"

于是先生乃逌然而叹，假云霓而应之曰："若之云尚何通哉！夫大人者，乃与造物同体，天地并生，逍遥浮世，与道俱成，变化散聚，不常其形。天地制域于内，而浮明开达于外。天地之永固，非世俗之所及也。吾将为汝言之：

往者，天尝在下，地尝在上，反覆颠倒，未之安固，焉得不失度式而常之？天因地动，山陷川起，云散震坏，六合失理，汝又焉得择地而行，趋步商羽？往者群气争存，万物死虑，支体不从，身为泥土，根拔枝殊，咸失其所，汝又焉得束身修行，磬折抱鼓？李牧功而身死，伯宗忠而世绝。进求利以丧身，营爵赏而家灭。汝焉得挟金玉万亿，祗奉君上而全妻子乎？且汝独不见虱之处乎裈中，逃乎深缝、匿乎坏絮，自以为吉宅也。行不敢离缝际，动不敢出裈裆，自以为得绳墨也。饥则啮人，自以为无穷食也。然炎丘火流，焦邑灭都，群虱死于裈中而不能出。汝君子之处区之内，亦何异乎虱之处裈中乎？悲夫！而乃自以为远祸近福，坚无穷已；亦观夫阳鸟游于尘外，而鹪鹩戏于蓬艾，小大固不相及，汝又何以为若君子闻于予乎？且近者夏丧于商，周播之刘，耿薄为墟，丰镐成丘，至人未一顾而世代相酬，厥居未定，他人已有，汝之茅土，将谁与久？是以至人不处而居，不修而治，日月为正，阴阳为期。岂咨情乎世，系累于一时。乘东云，驾西风，与阴守雌，据阳为雄，志得欲从，物莫之穷。又何不能自达，而畏夫世笑哉？

第七讲

睹物思人，物是人非——潘岳《悼亡诗》的深情

时光易逝，人迹难寻！《古诗十九首》写道，"所遇无故物，焉得不速老"，东晋名士桓温也曾发出"木犹如此，人何以堪"的慨叹。面对至亲的离去，人们希望时光能够停滞甚至倒转，永远怀着"奚觉无一人，亲识岂相思"的感情来追念斯人。悼亡，意味着对逝去的人与时光的追思，更是对过往人生的怀念与不舍。潘岳《悼亡诗》中屋檐前的滴漏、翰墨的余香，暗示着昔日的佳人存在过、相守过，似乎窃窃私语，却又转瞬即逝。恍然、怅然、茫然，这就是时光，这就是记忆！

一、伉俪情深，晚年伶仃

潘岳，字安仁，荥阳中牟人，他自幼便以聪颖有才而为乡里所称，号为神童。潘岳年少时跟随父亲走遍中原，青年时期在洛阳读书，这些人生经历都为他后来的文学创作提供了重要的社会阅历和人生积淀。正所谓"读万卷书，行万里路"，仅读万卷书，而无万里路，则视野受限；仅行万里路，而不读万卷书，则思想受限。潘岳的人生经历很好地解决了这个问题，青少年的经历为他后来成为西晋文坛代表作家奠定了重要基础。

魏晋时期，中原地区产生了不少文化家族，良好的家世孕育出许多文学才士，潘岳是其一，与其并称"两潘"的从子潘尼亦是如此。优良的家族传统为潘岳日后顺利入仕提供了必要条件。潘岳出身于儒学世家，他的祖父、父亲都曾做过中层官员，家庭环境对他的人生志向有着重要影响。任河阳县令时，他说虽"微身轻蝉翼，弱冠忝嘉招。在疚妨贤路，再升上宰朝。猥荷公叔举，连陪厕王寮"，但仍有"谁谓晋京远，室迩身实辽。谁谓邑宰轻，令名患不劭"的志向，期望达到"齐都无遗声，桐乡有余谣。福谦在纯约，害盈由矜骄，虽无君人德，视民庶不恌"的结果。潘岳的热衷功名最后使他如愿以偿地进入政治中心，但也导致了他乃至其家族的悲剧。潘岳依附权势，最终在"八王之乱"的政治漩涡中殒命，牵及家人。这是个人的悲剧，也是社会的悲剧。

自古以来，中国便有"文如其人"的说法。如苏轼在《答张文潜书》中说"其为人深不愿人知之，其文如其为人"，认为一个人的品性和气质对其文章有着重要的影响。实际上，这种观念早已有之，如《易传》说"修辞而立其诚"，又如战国时期《孟子》的"颂其诗，读其书，不知其人可乎？是以论其世也"。诸多说法都认为文品与人品相契合。这种观念影响着人们对文学和艺术成就的评判。蔡京、严嵩的书法写得很好，但人们对其书法的评价会掺杂着对其人品诟病。潘岳亦复如是，其品性一直为世人所指摘。元好问曾写道："心画心声总失真，文章宁复见为人。高情千古闲居赋，争信安仁拜路尘！"在《闲居赋》中，潘岳强调自己"几陋身之不保，而奚拟乎明哲，仰众妙而绝思，终优游以养拙"的人生追求，但又积极参与政治斗争，谄媚权贵。其母对此也看不下去，史书说："其母数诮之曰：'尔当知足，而干没不已乎？'"《晋书》载："岳性轻躁，趋世

（元）赵孟𫖯书《闲居赋》（局部）

利，与石崇等谄事贾谧，每候其出，与崇辄望尘而拜。构愍怀之文，岳之辞也。谧二十四友，岳为其首。"其谄媚之态，令人不齿。潘岳汲汲于功名，一直被视为言行不一、品性低劣之人，后世对其人品评价大多不高。其作品亦被视为矫饰。

然而，值得注意的是，人品是个体追求与外界环境共同造成的结果。在"悠悠风尘，皆奔竞之士，列官千百，无让贤之举"（《晋书》）的趋炎附势的社会里，西晋士风对潘岳的影响颇大。潘岳游走权门、热衷名利，也是西晋社会风气使然，而不必苛责其人格品性。

从潘岳对家人，尤其是对母亲、妻子的情感笃厚，从其诗文细腻感人的笔触来看，他本是情感真挚、性灵热忱之人，只是社会的变异使其也随之竞躁不已。《悼亡诗》的情感真挚动人，并无虚饰。

潘岳的一生可能历经了两次婚姻，而两次婚姻均以妻子病逝而告终。第一段婚姻仅仅维持了十年，女方之姓名、家世不甚清楚。此时诗人对生活还有诸多期许，随着时间流逝，壮年潘岳渐渐化解了心头的许多苦楚。过了一段时间，潘岳二十八岁时，开启了第二段婚姻。在此段婚姻中，潘岳与妻子杨氏情感弥笃，潘岳也从年轻气盛且素有才名的翩翩公子变为垂垂暮年的老者。对于伉俪情深的二人而言，他们岁月静好的婚姻持续了二十四年，然而却以杨氏的离世而告终。相爱越深，越难割舍，潘岳丧妻之痛，可想而知。

永别，对于逝者而言，或许仅仅是刹那间的解脱，然而，亲人离世所带来的痛苦、思念、不舍、惆怅、悲伤等情绪更多由生者承担，活在世间的人要忍受着死亡所带来的种种变化。这些变化犹如时涨时落的潮水，冲击生者的心灵，带来阵阵刺痛。由此而言，永别留给生者更多的情感空缺。因此，潘岳的悼念文字亦在诉说自己的深情与思念。悼亡，是无限哀思，是难以放手，是永恒记忆。丧妻之年，潘岳正值人生萧瑟之际，挚爱的离去，让强装洒脱的心灵无法面对。一切光彩仿佛都随着妻子的离世而变得暗淡无光。怀着沉痛的思念之情，潘岳以细腻真实的笔触写就了这三首《悼亡诗》。

二、宛转侧折，旁写曲诉

这三首《悼亡诗》写于潘岳为妻子守丧一年之后，即将离家返回任所之时。诗人的思念之情并未因为时光流逝而淡化，反而是在离家之前，睹物思人，难以割舍。"隔离"，成为诗人难以摆脱的伤痛！

潘岳以情遣词，笔法委婉动人。诗人细微情绪的波动，诉诸笔端，时而慷慨激烈，时而婉转低沉。前人对潘岳《悼亡诗》的评价颇高，从三首的艺术手法、章法结构、思想情感等方面上看，这三首诗歌的展开方式同中有异，异中有同，下文以《悼亡诗》（其一）为主，分析此组作品的艺术特点和情感内蕴。

其一：

荏苒冬春谢，寒暑忽流易。之子归穷泉，重壤永幽隔。私怀谁克从？淹留亦何益。俛俛恭朝命，回心反初役。望庐思其人，入室想所历。帏屏无仿佛，翰墨有余迹。流芳未及歇，遗挂犹在壁。怅恍如或存，周惶忡惊惕。如彼翰林鸟，双栖一朝只。如彼游川鱼，比目中路析。春风缘隙来，晨溜承檐滴。寝息何时忘，沉忧日盈积。庶几有时衰，庄缶犹可击。

其二：

皎皎窗中月，照我室南端。清商应秋至，溽暑随节阑。凛凛凉风升，始觉夏衾单。岂曰无重纩，谁与同岁寒。岁寒无与同，朗月何胧胧。展转盻枕席，长簟竟床空。床空委清尘，室虚来悲风。独无李氏灵，仿佛睹尔容。抚衿长叹息，不觉涕沾胸。沾胸安能已，悲怀从中起。寝兴目存形,遗音犹在耳。上惭东门吴,下愧蒙庄子。赋诗欲言志,此志难具纪。命也可奈何,长戚自令鄙。

其三:

曜灵运天机,四节代迁逝。凄凄朝露凝,烈烈夕风厉。奈何悼淑俪,仪容永潜翳。念此如昨日,谁知已卒岁。改服从朝政,哀心寄私制。茵帱张故房,朔望临尔祭。尔祭讵几时,朔望忽复尽。衾裳一毁撤,千载不复引。曡曡期月周,戚戚弥相愍。悲怀感物来,泣涕应情陨。驾言陟东阜,望坟思纡轸。徘徊墟墓间,欲去复不忍。徘徊不忍去,徙倚步踟蹰。落叶委埏侧,枯荄带坟隅。孤魂独茕茕,安知灵与无。投心遵朝命,挥涕强就车。谁谓帝宫远,路极悲有余。

《悼亡诗》(其一)的章法独特,章句的衔接与转换摇曳生姿,深刻细腻地写出了鳏夫独处追忆往昔的孤苦心境。

诗作开头写道:"荏苒冬春谢,寒暑忽流易。之子归穷泉,重壤永幽隔。私怀谁克从?淹留亦何益。僶俛恭朝命,回心反初役。""忽"字,屈原也常用,写出了时不我待的紧迫感,《古诗十九首》也有"岁月忽已晚"的悲歌。"忽"字,对潘岳而言,是伤逝,也是过往美好岁月的挽歌。"私怀谁克从?淹留亦何益",反问句流露出一种难以掩饰的不适感,公事与私事的矛盾因妻子的离世而被放大。"淹留亦何益",具有一定象征性,即使永远停留在故乡,斯人已逝,等待徒劳。潘岳在这段总体交代了妻子离世后的矛盾心境。

"望庐思其人,入室想所历。帏屏无仿佛,翰墨有余迹。流芳未及歇,遗挂犹在壁。怅恍如或存,周惶忡惊惕。如彼翰林鸟,双栖一朝只。如彼游川鱼,比目中路析",此段加入追忆,细笔勾勒出诗人对于过往岁月和伊人的留恋。或许,世间最深情的缅怀不在于轰轰烈烈的仪式,而是对于最平常、最朴素的日常事物的持久哀思。物,有时比人更长久,睹物思人,正在于此。对潘岳而言,庐、室、帏屏、翰墨、流芳……一切与妻子有关的事物都深深触动了他的心灵,一切都载满了与妻子共同生活二十余年的深刻记忆。在这段文字中,潘岳采用赋法,大量铺写与妻子有关的物品。诗人从细处着眼、从平常处着笔,贴近日常生活,相较于宏大浪漫的叙述,更易引起人们情感上的共鸣。诗作呈现出一位喃喃自语的老者形象,他不断追忆,不停地自言自语,令人动容。随着铺排事物由外及内的展现,物件与妻子的联系也愈加密切,其思念之情不断深化。写到最后,潘岳情不能已,连用两个比喻:"如彼翰林鸟,双栖一朝只。如彼游川鱼,比目中路析。"为何天意如此,令本该生生世世厮守的爱侣分开呢?诗人质疑、痛苦、无奈,还夹杂一丝悲哀。林林总总,结成这四句,哀切动人,感人肺腑!

诗人写景,眼前所见,皆为哀伤。他写道:"春风缘隙来,晨溜承檐滴。寝息何时忘,沉忧日盈积。庶几有时衰,庄缶犹可击",春风和晨溜将沉思中的诗人惊醒,忽然又想到往后独自一人一枕的漫漫长夜,何以解忧?"寝息何时忘,沉忧日盈积",忧愁难遣,苦苦寻求;"庶几有时衰,庄缶犹可击"一句,使用庄子丧妻鼓盆而歌的典故,写诗人自我宽解、融入自然的方式。前人认为潘岳的此句是对谈玄思潮的应和,并无太多深意。然而,从诗歌整体的情感脉络来看,此句却对诗歌情感的调节有着重要作用。一首诗歌的情感不能永远高涨或是低潮,总要有波动。诗歌第一段的情感渐渐积聚,第二段推至高潮,而在"如彼翰林鸟,双栖一朝只。如彼游川鱼,比目中路析"达到了顶点。第三段"春风缘隙来,晨溜承檐滴",将思绪投向别处,情感趋于缓和,直至结尾两句,情感变得悠长绵延。由此看来,结尾两句不只是套语,还起到了平缓诗歌情绪的作用,使整首诗歌的情感起伏有致。

从上可见,诗作三段之间关系密切,互相影响。第一段,总写妻子离世后自己的整个生活状态;第二段在第一段情感的基调上,从细节着手,写人写物,情感深沉,为全诗情感的主要体现处;第三段,则承接第二段，情感愈发得悠长绵延，难以化开。

潘岳诗作的艺术手法与章法布局配合使用，相得益彰。为了渲染其思念之深、丧妻之痛，诗人采用了赋的手法来表情达意。赋是《诗经》常用的手法之一，简而言之，便是铺陈。如《豳风·东山》四章或追述军旅之苦状，或想象家乡之场景，或想象妻子持家场景，或写新婚之快乐，如幻如梦，最见深情。可见赋的手法对诗人情感的流露起到了推波助澜的作用。在《悼亡诗》（其一）中，诗人宣泄内心数无尽的思念、道不尽的哀伤，他从日常生活着笔，一会儿写其"无"（帏屏无仿佛），一会儿写其"有"（翰墨有余迹），反反复复，不停地咀嚼着苦涩而又倍感温馨的画面，令人动容。陈祚明《采菽堂古诗选》曰："安仁情深之子，每一涉笔，淋漓倾注，宛转侧折，旁写曲诉，刺刺不能自休。夫诗以道情，未有情深而语不佳者。"正因诗人一往情深，难以割舍，诗作才反复渲染，情不能已。

此外，《悼亡诗》（其二）采用顶针手法，诗人在反复回环中低吟，承受着思念的折磨："长簟竟床空。床空委清尘""不觉涕沾胸。沾胸安能已""谁与同岁寒。岁寒无与同"，诗句承前之哀情，启后之苦思，富有情感的文词复用，犹如两岸之人可由长桥相通，顺利地进入下一步抒情，诗韵低回婉转，自然流动而无凝滞之感。又如《悼亡诗（其三）》："茵帱张故房，朔望临尔祭。尔祭讵几时，朔望忽复尽。衾裳一毁撤，千载不复引。"诗人想象伴侣就在眼前，二者隔空对话，恍若隔世。此种思念至极的想象之语、絮叨之言，如非亲验，很难写就。陈祚明《采菽堂古诗选》曰："潘安仁诗如孺子慕者，距踊曲跃，仰啼俯嘘，其音呜呜，力疲不休，声渐益振。所喜本擅车子之喉，故曼声宛转，都无粗响。"此处就潘岳诗歌富含深情、易于动人的特点而言，评价可谓切中肯綮。

三、文寄幽恨，辞传哀悯

诗人的哀怜、思念等情感不仅在章法布局以及描写手法中呈现出来，

（明）张溥辑《潘黄门集》（明刻本）书影

还在独特的字词中流露而出。这些字词是我们进入诗人内心深处的关键，也是我们把握诗歌情感的重要门径。字词，是诗眼，是跳跃的情感，也是诗歌的灵魂底色。通过文本细读，我们将理解诗人真挚的心灵，哀其哀，而感其痛。

品味虚词是我们探寻诗人情感的重要方式。使用虚词一直是诗歌表情达意的重要途径，如杜甫《江南逢李龟年》"岐王宅里寻常见，崔九堂前几度闻。正是江南好风景，落花时节又逢君"中"又"字，将重逢时世事已非的人生境遇道尽，蕴含着对人生无限的感慨与对国事无尽的哀伤，可谓一字而显情。潘岳《悼亡诗》三首亦是如此。《悼亡诗（其一）》"荏苒冬春谢，寒暑忽流易"中"忽"字流露了诗人对时间流逝的惊叹、面对世事变化的恍惚，写出了诗人沉湎于悲痛之久，他的记忆尚停留在与妻子朝夕相处的日常之中。《其二》"凛凛凉风升，始觉夏衾单"，《其三》"念此如昨日，谁知已卒岁"，"始""已"这两个虚词也将时光的流逝放大。潘岳对恍惚之感的描写尚处于一种相对拙朴的阶段，后来杜甫《羌村三首》有"夜阑更秉烛，相对如梦寐"，元好问《三奠子》有"怅韶华流转，无计留连",艺术手法更为成熟,但稽考其源流,应可追溯至潘岳之处。又如,《悼亡诗》(其一)"之子归穷泉,重壤永幽隔","永"本义为水长,后来将一切长之物也成为"永",时间之长也被包含于其中。漫长时光带给人的可能是遗忘,但对潘岳来说,时间却是刻骨铭心的思念与追忆,对幽隔于阴阳两界的彼此深爱的人而言,这更意味着痛彻心扉的隔离。又如"奈何"意为"怎么办,为何",多用于无可奈何之意。如汉乐府《箜篌引》"公无渡河,公竟渡河!渡河而死,当奈公何",曹植《赠白马王彪》"奈何念同生,一往形不归",诗中无奈、惋惜乃至愤懑之情皆由这两个字表现而出。潘岳三首诗作中有两首都用到了"奈何"一词,这不是巧合,而是"奈何"一词能够最大程度地表现他的无奈之感。如《悼亡诗(其二)》,作者细细铺排,详加刻画,继而怀念往事,写到结尾,只好感叹一声"命也可奈何,长戚自令鄙",诗作意绪低沉,深有悲怀。又如《悼亡诗(其三)》:"奈何悼淑俪,仪容永潜翳",无可奈何,只得任时光流去,词句让人感到一种深深的无助感。这是潘岳诗中流露的情绪,也是人世间常有的对于命运的慨叹。

除了虚词之外,叠词亦是我们进入诗心的重要途径。叠词是诗歌常用之手法,《周南·桃夭》"桃之夭夭,灼灼其华"不用细腻的刻画,亦不追求全面的描写,仅用"夭""灼"便刻画出桃花明艳动人之状。又如《周南·卷耳》"采采卷耳,不盈顷筐","采",后来写作"彩",盛貌。此处不写卷耳如何之多,仅用"采"字概括,用字简洁,使人直接关注到卷耳之状。这两句诗亦内含对比,女主人公思念弥重,以至于眼前繁多的卷耳竟无法填满浅浅的筐子。这种手法被《古诗十九首》等作品继承。如《青青河畔草》"青青河畔草,郁郁园中柳。盈盈楼上女,皎皎当窗牖。娥娥红粉妆,纤纤出素手"连续使用六个叠词描景写人,既形象生动,又言简意赅,同时朗朗上口。又如《古诗十九首》"纤纤擢素手,札札弄机杼",叠词的使用,为读者留下了许多想象的空间,既给了读者想象的凭据,又不挤占读者与文本的联系,读者在想象中重构文本的意蕴,品出诗歌无穷的意味。潘岳《悼亡诗》三首亦喜用叠词，取得了独特的艺术效果。其二"岁寒无与同，朗月何胧胧"中，"胧"字，李善《文选》注引《埤苍》曰"朣胧，欲明也"，即不明。"胧"字叠用，给人以轻纱覆盖而欲明不明之状。在往昔寒岁中，天是冷的，而心是暖的，那是因为家中有你相依偎；而今岁寒如约而至，天依旧严寒，而心却因你的不在变得与外界一样寒冷；此刻高悬虚空的月亮，仿佛蒙尘的明珠，失去了往昔的光泽，就好比自己此后的人生一样，诗人的生活因妻子的离世而蒙上了沉重的阴影。又如《其三》"亹亹期月周，戚戚弥相愍"，"亹"，缓慢流动之意；"戚"，忧伤之意。"亹"字叠用，时间仿佛更加绵长，在此刻似乎放慢脚步，情感绵延，动人心神；而"戚"的叠用，又更写出其心怀的哀戚，加深了悲戚之感。又如"孤魂独茕茕，安知灵与无"一句，"茕茕"，孤独无依之貌，"孤"字后仍加上"茕茕"二字，不仅音韵和婉，亦增强其孤独之程度。

此外，潘岳《悼亡诗》还喜用双声叠韵词，使人感到音节和谐、声情俱美，更益于抒发细腻深长的情感，如《悼亡诗（其一）》的"荏苒""俛勉""仿佛"，《其二》的"展转"，其三的"徘徊"等。如此诸多文辞，受到《诗经》等作品影响而又有发展，在五言诗创作过程中树立了典范，潘岳作品既保持文辞古雅，又能流畅切情，开创了太康诗歌古雅典丽的文辞范式。

总之，潘岳《悼亡诗》十分注重使用丰富多样的文辞表情达意，这也成为后人进入诗家之心的重要途径，对我们品读这类诗歌提供了关键途径。

四、悼亡典范，情韵悠远

潘岳《悼亡诗》在艺术上取得了杰出成就，其深情不掩、哀思难平的情感通过章法、刻画手法和字句淋漓尽致地表现出来，感人肺腑。潘岳所开创的"悼亡"诗体，也成为后世不断创作的重要题材。刘咸炘评《文心雕龙·诔碑》曰:"安仁工于哀祭,言情胀挚,比之前代,青出于蓝。"其实不仅诔碑文章,其哀祭之诗中亦是如此动人心弦。若将目光转向整个古代文学史,潘岳悼亡诗亦有着重要的示范意义。

首先,"悼亡"一词因潘岳《悼亡诗》的创作实践,在随后的文学作品中专门指向悼念妻子的题材内容。李善《文选》注引《风俗通》曰"慎终悼亡",郑玄笺曰"悼,伤也"。可知,"悼亡"为逝者而作,在潘岳之前,所指对象较为宽泛,可以说妻子,也可以是亲朋好友,还可以是素未谋面而心怀感念之人,如屈原《九歌·国殇》即为秦楚战争中为国捐躯的将士而作。因潘岳《悼亡诗》诗名显著,"悼亡"一词遂成专指,指悼念妻子,后世诗词中所谓悼亡诗、悼亡词、悼亡文等,所悼念的对象多为妻子,这正是潘岳《悼亡诗》对后世诗家拟题命意上的影响。

其次,潘岳《悼亡诗》为后世诗歌讨论两性话题提供了重要的途径。在传统礼法的牢笼下,古人在两性日常话题上较为含蓄,甚至是有意避而不谈。在此之前,诗歌描写夫妇日常生活及追悼亡妻并不多见。汉代《诗大序》所构建的教化秩序是:"先王以是经夫妇,成孝敬,厚人伦,美教化,移风俗。"在这样的政教束缚下,诗歌中反映男女情感的寥寥无几,直到潘岳《悼亡诗》方才真诚地表达自己的思念之情。诗中"俛俛恭朝命,回心反初役"(《其二》),"投心遵朝命,挥涕强就车"(《其三》),表达了自己在公私二事间的徘徊,这可能被认为不能以礼节情:男子应当立于天地,心怀天下,何以沉湎于儿女之情?但在潘岳却要表现出这种客观矛盾,这是诗歌在题材与情感上的突破。后世诗家从潘岳《悼亡诗》中找到了灵感,他们的悼亡题材之作同样毫不掩饰地表达自己对亡妻的思念之情,许多作品写得缠绵悱恻,动人心神。其中,元稹是最具代表性的作家之一,他的《遣悲怀》《离思》等组诗,情真意切,语意明了,如"惟将终夜长开眼,报答平生未展眉""诚知此恨人人有,贫贱夫妻百事哀""今日俸钱过十万,与君营奠复营斋""曾经沧海难为水,除却巫山不是云",成为后世传诵不已的名篇佳句。又如苏轼《江城子·乙卯正月二十日夜记梦》"十年生死两茫茫。不思量，自难忘"亦成为后世所传诵名篇。若论其情感之显露无隐，我们当溯源至潘岳。

最后，《悼亡诗》从平凡处写情的方式为后世悼亡之作借鉴。生活细节的刻画是最能显示真情的方式。因为，平凡之处正是相爱之人情感流露最浓、最深切之处，轰轰烈烈的情感犹如烟花，虽绚烂美丽，但也容易冷却消散。惟有平凡相处之日，仿佛静水流深，岁月静好，琴瑟和鸣，最能显两人之品性，也是两人最珍贵的回忆。在《悼亡诗（其一）》之中，潘岳深情地刻画与妻子有关的平凡事物，"望庐思其人，入室想所历。帏屏无仿佛，翰墨有余迹。流芳未及歇，遗挂犹在壁。怅恍如或存，周惶忡惊惕"，又在描写的过程中不断地感叹，这既是在描写，也是在倾诉。后世诗家在写悼亡诗时，大多也学习了潘岳的手法。如元稹《遣悲怀》"顾我无衣搜荩箧，泥他沽酒拔金钗"，写妻子为自己的衣着与饮酒花费了许多心思；又写道"野蔬充膳甘长藿，落叶添薪仰古槐"与妻子共度艰难之际同食野菜充饥、搜罗树叶当柴烧的场面，事情虽小，然而深情自显，令人动容。又如，贺铸《鹧鸪天》"空床卧听南窗雨，谁复挑灯夜补衣"，摘取妻子曾为自己补衣的小细节，又暗含着今后不复重现的悲切，令人哀叹不已。如吴文英《莺啼序·春晚感怀》"溯红渐招入仙溪，锦儿偷寄幽素"，选取侍妾差人寄送情书一事来感叹人世难详；"暗点检，离痕欢唾，尚染鲛绡"，写侍妾遗留的手帕尚有泪痕与香唾，亦是悲从中来。这些从平凡之事物着手描写的手法，皆可从潘岳处找到源头。

此外，潘岳在文学史上有着重要的地位，其人其事成为后世诗文写作的重要典故来源，如"沈腰潘鬓""望尘而拜""金谷俊游"等典故，影响深远。后世读者读到了《闲居赋》的虚伪与《悼亡诗》的深情，或以为其人品与文品不符。潘岳或许是一个复杂的人物，但不少作品也是其真实的心灵呈现。魏晋时代，是一往情深的时代。竹林名士王戎曾说过："圣人无情，最下不及情，情之所钟，正在我辈。"因为钟情，潘岳的哀悼诗文鲜活真实。真的文字，本身就有动人的力量，流传千古，感人至深。

拓展阅读

潘岳《哀永逝文》

启夕兮宵兴，悲绝绪兮莫承。俄龙辀兮门侧，嗟俟时兮将升。嫂侄兮章惶，慈姑兮垂矜。闻鸡鸣兮戒朝，咸惊号兮抚膺。逝日长兮生年浅，忧患众兮欢乐鲜。彼遥思兮离居，叹河广兮宋远。今奈何兮一举，邈终天兮不反。

尽余哀兮祖之晨，扬明燎兮援灵辅。彻房帷兮席庭筵，举酹觞兮告永迁。凄切兮增唏，俯仰兮挥泪。想孤魂兮眷旧宇，视倏忽兮若仿佛。徒仿佛兮在虑，靡耳目兮一遇。停驾兮淹留，徘徊兮故处。周求兮何获，引身兮当去。

去华輦兮初迈，马回首兮旋斾。风泠泠兮入帷，云霏霏兮承盖。鸟俯翼兮忘林，鱼仰沫兮失濑。怅怅兮迟迟，遵吉路兮凶归。思其人兮已灭，览余迹兮未夷。昔同途兮今异世，忆旧欢兮增新悲。谓原隰兮无畔，谓川流兮无岸。望山兮寥廓，临水兮浩汗。视天日兮苍茫，面邑里兮萧散。匪外物兮或改，固欢哀兮情换。

嗟潜隧兮既敞，将送形兮长往。委兰房兮繁华，袭穷泉兮朽壤。中慕叫兮擗摽，之子降兮宅兆。抚灵榇兮诀幽房，棺冥冥兮埏窈窈。户阖兮灯灭，夜何时兮复晓。

归反哭兮殡宫，声有止兮哀无终。是乎非乎何皇，趣一遇兮目中。既遇目兮无兆，曾寤寐兮弗梦。既顾瞻兮家道，长寄心兮尔躬。

重曰：已矣。此盖新哀之情然耳。渠怀之其几何，庶无愧兮庄子。

第八讲

『洛水』与『南金』——陆机诗作的『京洛』风尘

苏州沧浪亭内有"五百名贤祠",祠内壁上嵌有五百余方历代人物平雕石刻像。一幅幅吴地先贤的画像,显露出吴门烟雨的钟灵毓秀,道出江南古城的历史沧桑。名贤祠门口楹联写道:"百代集冠裳,烁古炳今,总不外纲常名教;三吴崇俎豆,维风励俗,岂徒在科第文章。"追慕先贤、推崇道义有着继往开来的文化意义。吴地五百名贤光耀百代,西晋文学家陆机也名列其中。拂去历史的尘埃,我们去寻觅陆平原的足迹。是"咏世德之骏烈,诵先人之清芬"的高贵出身,还是"天才秀逸,辞藻宏丽"的卓绝才华,抑或是"华亭鹤唳,岂可复闻"的一声叹息?显赫的身世、华丽的辞藻、杰出的才华皆是后人推举陆机的原因,但其独特的人格操守更当值得推崇。览阅陆机作品,其人格魅力跃然纸上。"缘情而绮靡"的理论名篇《文赋》,"怀宗国之忧"的政论文章《辨亡论》,灵动婉转的书法作品《平复帖》……正如章炳麟所论:"撮其文章行迹,犹不失为南国仁贤。"观陆机《赴洛道中作二首》《答贾长渊》等诗,其人格操守亦可见一斑。

陆机像

一、辞亲赴洛,世网婴身

陆机,字士衡,吴郡人。陆机出身名门。其祖陆逊,为吴丞相。父抗,曾任吴大司马。据《晋书》载:"机身长七尺,其声如钟。少有异才,文章冠世,伏膺儒术,非礼不动。抗卒,领父兵为牙门将。年二十而吴灭,退居旧里,闭门勤学,积有十年。"青年时期的闭门苦读,为陆机卓越的文学才华打下了基础。退居旧里期间,陆机曾写过《辨亡论》《文赋》等名篇,讨论吴国兴亡的历史以及文学创作规律。晋武帝于太康九年(288年)下诏"举清能,拔寒素",以"二陆"兄弟以及顾荣等为代表的南方士人纷纷入洛,入仕晋朝。他们大多出自江东大族,身负"南金"与"亡国之余"的双重身份,在政治上希冀建功立业、克振家声,在文化上则力求显露才华、扬名北土。初入洛,他们颇受北人轻视,唯有司空张华见而奇之,曰:"皆南金也。"实际上,在赴洛途中,陆机就发出留恋故乡、前途未卜之叹。陆机《赴洛道中作(其一)》:

总辔登长路,呜咽辞密亲。借问子何之,世网婴我身。永叹遵北渚,遗思结南津。行行遂已远,野途旷无人。山泽纷纡余,林薄杳阡眠。虎啸深谷底,鸡鸣高树巅。哀风中夜流,孤兽更我前。悲情触物感,沉思郁缠绵。伫立望故乡,顾影凄自怜。

年近三十的陆机,在吴地已经生活了二十余年,突如其来的离别,让诗人内心颇为悲伤。一面是长路漫漫,一面则是伤别亲友,黯然销魂,唯别而已。陆机将至何方?他并没有明言赴洛为官,而是说"世网婴我身"。如果说陶渊明的"误落尘网中,一去三十年",是对过往岁月的告别,那么陆机的"世网婴我身",则预示着对未来十余年洛阳宦海生涯的迷惘与无奈,一个"婴"写出了难以摆脱的羁绊感。陶渊明的"误落",是不自觉,尚可"返自然",而陆机笔下,则满是京洛的风尘,无法脱身。诗人写道"永叹遵北渚,遗思结南津",陆机诗文中,南方和北方的叙写形成了鲜明的对照。南方,意味着故土,寄托着思念与深情;北方,象征着游宦,充满着幽深与难测。"行行遂已远,野途旷无人",写出了距离感与陌生感，也意味着滋养陆机性灵的故土渐去渐远，难以依靠，唯有依恋。行旅，对于曹植而言，可能是与王弟别离的哽咽不语；对谢灵运来说，则是命运无定，却又耿介不羁的秀美山林；在陆机面前，行旅则是无奈的奔赴，山泽、薄林、啸虎、鸣鸡、哀风、孤兽，像是一幅深山行旅图，更是一幅宦海沉浮图卷。诗人忧思缠绵，难以排遣。"伫立望故乡，顾影凄自怜"，是一种顾影自怜的无奈感、孤独感。王粲登楼，壮志难酬；陆机游宦，惆怅茫然。

赴洛，意味着对吴门山水虽有依恋，但从此隔绝，也有几许克振家声的意气。江南烟雨，滋养万物，绵柔却不乏张力。陆机笔下的赴洛诗，除了缠绵依恋，也不乏风骨。

陆机《赴洛道中作（其二）》：

> 远游越山川，山川修且广。振策陟崇丘，案辔遵平莽。夕息抱影寐，朝徂衔思往。顿辔倚高岩，侧听悲风响。清露坠素辉，明月一何朗。抚枕不能寐，振衣独长想。

陆机本来"负有才望，而志匡世难"，东吴的败亡，是三国归晋历史进程的结果，却也让"顾、陆、朱、张"等吴地士族内心不甘且失落。陆机作为吴地才俊的杰出代表，远赴洛阳，仕进新朝，也打开了吴地士人重振旗鼓、彰显才华的新途径。陆机获得"太康之英"的美誉，与其入洛后的南北文学交流也密不可分。赴洛为官虽为不得已，却也是顺应历史潮流、建功立业的良机，只不过，西晋后期政局动荡，八王之乱使得不少文士惨遭杀戮，陆机最终也因为卷入政治风云而被害。

诗人写道"远游越山川，山川修且广"，吴地距离洛阳路途遥远，"远游"意味着长途劳顿，然而此诗并未像前首一样写出山林的深芜，诗中意象显得舒朗清远，诗人渐渐消释了对故乡的依恋，抱着一些期许去奔赴前途。"振策陟崇丘，案辔遵平莽""顿辔倚高岩，侧听悲风响"

等语，写出旅途的艰辛，忽而高山俊秀，忽而一马平川，典丽整饬中富有动感与力度。"夕息抱影寐，朝徂衔思往"，"抱影""衔思"，用字精练雅洁，言语之中有一丝孤寂感。"清露坠素辉，明月一何朗"，简练净朗的物色、华美工整的笔调，写出了山林间清朗素雅的气息，彰显出吴地才俊超凡不俗的文学才华。"抚枕不能寐，振衣独长想"，风力尽显。虽说陆机主张"诗缘情而绮靡"，但并非意味着陆诗偏于柔靡无力，其作品尚有汉魏古诗的风骨。王粲"独夜不能寐，摄衣起抚琴"，写出了乱离时世的思乡之情；阮籍"夜中不能寐，起坐弹鸣琴"，道出了政治高压下的内心苦闷；"抚枕不能寐，振衣独长想"，刻画出远游为宦的复杂情思。

入洛之后，南人群体广邀声誉、积极仕进，他们努力融入中原文化，同时又彰显出江东文化的特有魅力。南人群体之间的交流唱和、书信往来，倾诉思乡之情以及羁旅仕宦的苦闷，同时又表达互相扶持、生死与共的情谊。然而，京洛的风尘，让陆机等南方士人也时常困惑不解、难以脱身。

陆机开始并未得到重用，太傅杨骏辟为祭酒，后转为太子洗马。元康四年（294年），陆机被辟为郎中令，元康八年（298年）转为著作郎。永康元年（300年），赵王伦政变，贾谧被诛，陆机险遭迫害，因为成都王颖相救得以幸免。陆机后又在八王之间斡旋，最终成都王颖任用陆机为参大将军军事，授平原内史。王粹、牵秀等北人渐有怨心，乃谮陆机于成都王颖，陆机因此被害。据史书记载，陆机临刑前，释戎服，神色自若。陆机既死，士卒痛之，莫不流涕。

陆机在京洛的宦海沉浮，更加深了其思乡之情，陆机《为顾彦先赠妇》其一：

辞家远行游，悠悠三千里。京洛多风尘，素衣化为缁。修身悼忧苦，感念同怀子。隆思辞心曲，沉欢滞不起。欢沉难克兴，心乱谁为理。愿假归鸿翼，翻飞浙江汜。

此诗虽为顾荣代言，却也写出了吴人的心声。诗作写出了南人游宦洛阳的辛苦以及深切的思念之情。游宦京洛，远隔千里，让远在吴地的妇人无比挂念。"京洛多风尘，素衣化为缁"，是一种象征笔法，意谓宦海险恶，足以改变人心。此句也成为后世诗人常用的典故，如宋代诗人陆游就写过"素衣莫起风尘叹，犹及清明可到家"。"修身悼忧苦，感念同怀子"，"同怀子"，即为同怀相思之情的妻子。"隆思"二句为陆机常格，意为深重的相思乱我心房，难以产生欢情。"愿假归鸿翼，翻飞浙江汜"，思念让诗人的情思插上了翅膀，去飞向故乡之江水。

对于陆机而言，江南的山水总是含情脉脉，而洛阳的大河却是深不可测。他写道："发轸清洛汭，驱马大河阴。伫立望朔涂，悠悠迥且深。"徘徊在大河之畔、洛水之涯，风起云涌的洛水好似艰险叵测的仕途，使得诗人内心充满着焦虑与不适。曾经"冠盖云荫"的吴地士族孤苦无依，进而发出了"背故都之沃衍，适新邑之丘墟"（《怀土赋》）的慨叹！

二、相互赠答，彰显气节

《文选》诗歌作品共分为二十三类，而"赠答类"就有七十余首，其中不乏名篇佳作，由此亦可窥探选家的价值取向及道德情操。《文选》卷二十四收录潘岳《为贾谧作赠陆机》以及陆机《答贾长渊》各一首。《文选》所录《答贾长渊》是陆机元康六年（296年）入为尚书郎时答贾谧赠诗而作，诗作体现出陆机的不屈气节与高尚品德。关于潘岳《为贾谧作赠陆机》，《文选钞》指出："谧字长渊，贾充所养子也。系充为鲁公，为散骑常侍，时陆机为太子洗马，谧以常侍侍东宫，首尾三年，与机同处。机后被出为吴王郎中，经二年。至元康六年，入为尚书郎。谧乃忆往与机同聚，又经离别迁转之庆，故请潘安仁作此诗以赠之。"贾谧为西晋大臣贾充外孙，而贾充之女则为晋惠帝皇后，贾氏家族逐步占据权要。晋惠帝元康时期，贾后专权，并重用贾谧。据《晋书·贾谧传》载："既为充嗣，继佐命之后，又贾后专恣，谧权过人主，至乃锁系黄门侍郎，其为威福如此。负其骄宠，奢侈逾度，室宇崇僭，器服珍丽，歌僮舞女，选极一时。开阁延宾，海内辐凑，贵游豪戚及浮竞之徒，莫不尽礼事之。"贾谧广招贤才、汇聚文士，西晋文学家石崇、欧阳建、潘岳、陆机、陆云等皆投其门下，号曰"二十四友"。其中成员有贾家旧亲，有功臣大将之后，也有吴郡陆氏之类各地士族子弟。陆机虽然名列"二十四友"，而实际上与贾谧关系并不紧密。贾谧曾和陆机同事东宫三年，元康六年（296年），陆机升迁为尚书郎。贾谧追忆与陆机同僚情谊，恰逢陆机迁转之庆，因此请著名文士潘岳为其代笔，作赠陆机诗一首。

贾谧赠诗共有十一章，大体可分为三个部分。第一部分回顾远古到三国鼎立的历史沿革。诗作发端较远，从"肇自初创，二仪烟缊。粤有生民，伏羲始君"等上古神话传说谈起，历述往古，直到汉末三国。"灵献微弱，在涅则渝。三雄鼎足，孙启南吴"简要概述了汉末动乱以及三国鼎立的局势，起到了承上启下的作用，为"大晋统天，仁风遐扬"的西晋正统思想铺垫。第二部分交代三国归晋的背景，叙述陆机的身世名望、仕宦经历。"长离云谁，咨尔陆生。鹤鸣九皋，犹载厥声"以灵鸟比喻陆机出身显贵。"况乃海隅，播名上京。爰应旌招，抚翼宰庭"写陆机入洛，为杨骏祭酒。"曜藻崇正，玄冕丹裳"指陆机荣任太子洗马。"旋反桑梓，帝弟作弼"言陆机任吴王郎中令，得以返回故土。"擢应嘉举，自国而迁"云陆机升迁为尚书郎。此段诗篇详细描述陆机由吴入洛的仕宦经历，充满溢美之辞。第三部分追忆二人曾为同僚时的深厚情谊，并赠以勖勉之词。"虽礼以宾，情同友僚"言二人互相敬重。"欲崇其高，必重其层。立德之柄，莫匪安恒"，此为勖勉之意，勉励陆机立德当以谦逊为本。贾谧对陆机赞誉有加，这是因为陆机作为南方士族的杰出代表，且恰逢其升任尚书郎，贾谧大有拉拢之意。但"权过人主"的贾谧对于身为"亡国之余"的陆机在骨子里不乏歧视。"伪孙衔璧,奉土归疆""在南称甘,度北则橙"等诗句内含讥讽。"发言为诗,俟望好音",贾谧希望陆机予以答复,实际也是在试探他的政治倾向。

陆机《答贾长渊》诗序曰:"余昔为太子洗马。鲁公贾长渊以散骑常侍侍东宫积年。余出补吴王郎中令。元康六年入为尚书郎。鲁公赠诗一篇。作此答之云尔。"面对一副胜利者的姿态且身为鲁公的贾谧,陆机当如何作答?陆机《答贾长渊》诗序对此赠诗作出回应,可谓不卑不亢,甚至有些大胆,彰显出南方士族的不屈气节与高尚品德。

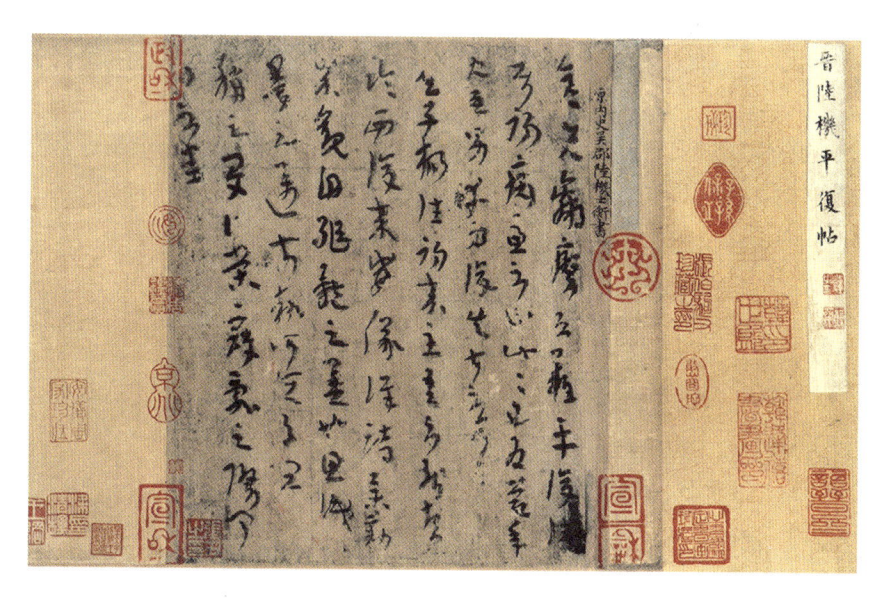

(晋)陆机书《平复帖》

三、兴亡有常,惟南有金

魏晋时期,四言诗不乏继作,尤其是赠答诗,以四言写作,更显古雅,二陆兄弟的四言诗创作颇多佳作。陆机擅长作论体文,其《答贾长渊》也是在历史发展的视野中展开论述,文辞渊雅、论辩充分,颇似一篇四言的《辨亡论》。

陆机《答贾长渊》：

伊昔有皇，肇济黎蒸。先天创物，景命是膺。
降及群后，迭毁迭兴。邈矣终古，崇替有征。
在汉之季，皇纲幅裂。大辰匿晖，金虎曜质。
雄臣驰骛，义夫赴节。释位挥戈，言谋王室。
王室之乱，靡邦不泯。如彼坠景，曾不可振。
乃眷三哲，俾乂斯民。启土虽难，改物承天。
爰兹有魏，即宫天邑。吴实龙飞，刘亦岳立。
干戈载扬，俎豆载戢。民劳师兴，国玩凯入。
天厌霸德，黄祚告衅。狱讼违魏，讴歌适晋。
陈留归藩，我皇登禅。庸岷稽颡，三江改献。
赫矣隆晋，奄宅率土。对扬天人，有秩斯祜。
惟公太宰，光翼二祖。诞育洪胄，纂戎于鲁。
东朝既建，淑问峨峨。我求明德，济同以和。
鲁公戾止，衮服委蛇。思媚皇储，高步承华。
昔我逮兹，时惟下僚。及子栖迟，同林异条。
年殊志比，服舛义稠。游跨三春，情固二秋。
祗承皇命，出纳无违。往践蕃朝，来步紫微。
升降秘阁，我服载晖。孰云匪惧，仰肃明威。
分索则易，携手实难。念昔良游，兹焉永叹。
公之云感，贻此音翰。蔚彼高藻，如玉之阑。
惟汉有木，曾不逾境。惟南有金，万邦作咏。
民之胥好，狂狷厉圣。仪形在昔，予闻子命。

贾谧赠诗由西晋中原代表作家潘岳代笔，整首诗篇文采斐然，多用典故，显得雍容典雅，但不乏雕琢修饰之气。陆机答诗在文辞上不逊于潘岳作品，何焯评价曰："铺陈整赡，实开颜光禄之先。"陆机《答贾长渊》本质上也属应答之作，作品结构整饬、铺写有序，开启南朝应答诗写作的先河。作为赠答之作，陆机答诗的结构安排基本按照贾谧赠诗而作，也可分为三个部分，但在具体思想倾向上，却有不少与贾谧赠诗针锋相对之处。陆机《答贾长渊》第一部分从三皇言起，直至晋朝建立，颂扬晋德。"邈矣终古，崇替有征"，陆机尊重兴衰更替的历史规律。"狱讼违魏，讴歌适晋"则充分肯定了西晋一统三国的历史趋势。第二部分称颂贾谧外祖父贾充的功勋伟业，并描述贾谧侍奉东宫的情形。"惟公太宰，光翼二祖"先称赞贾充的功勋伟绩，"鲁公戾止，衮服委蛇"则颂扬贾谧的显赫地位。虽为赞扬之言，实际上也是应和贾谧赠诗中的溢美之辞。第三部分回忆二者交往情谊，并对贾谧的勖勉之词予以回应。"年殊志比，服舛义稠"回应"虽礼以宾，情通友僚"的往日情谊，"蔚彼高藻，如玉之阑"则赞誉贾谧赠诗言辞之美。陆机答诗虽然不乏溢美之辞及奉迎之语，但其中锋芒内敛、暗藏深意。

　　陆机提倡"兴亡有常"的历史观，肯定孙吴政权的合理性。《为贾谧作赠陆机》前三章历述往古，以突出西晋为正统，第四章则更加直接："南吴伊何，僭号称王。大晋统天，仁风遐扬。伪孙衔璧，奉土归疆。婉婉长离，凌江而翔。"贾谧赠诗指出孙权超越本分，冒用帝王尊号。"衔璧"意为俯首投降，以胜利者姿态极写其辱。何焯曰："未有欲称美其人，而斥其故主者。以答诗观之，潘、陆固难同价矣。"面对贾谧赠诗的西晋正统思想，陆机客观冷静地予以回应。"降及群后，迭毁迭兴。邈矣终古，崇替有征"，纵观历史，兴亡为古今之常，因此吴亡不足为辱。"爰兹有魏，即宫天邑。吴实龙飞，刘亦岳立"句下李善注曰："士衡吴人，故有尊吴之意，不忘本也。"陆机充分肯定了三国鼎立的历史意义以及孙吴政权的合理性。"狱讼违魏，讴歌适晋。陈留归蕃，我皇登禅。"吴淇《六朝选诗定论》指出："此述吴后亡、魏先亡。亡国之戚，岂独一人意来？却教晋朝旧臣，翻都受他一场轻薄。"朝代更迭，本是历史规律，因此不可以成败论英雄，中原士人胜利者的姿态并不可取。对于三国历史，陆机看得很清楚。据《晋书·陆机传》载："深慨孙皓举而弃之，乃论权所以得，皓所以亡，又欲述其祖父功业，遂作《辨亡论》。"陆机作《辩亡论》，总结孙吴成败的历史教训。虽然有亡国之痛，但陆机认为三国归晋这一历史潮流值得拥护。

陆机宣扬"惟南有金"的说法，维护南方士人的尊严。贾谧赠诗虽然对陆机赞美有加，但是"况乃海隅""来自南冈"等带有地域偏见的字眼频频出现。其赠诗最后提出忠告"在南称甘，度北则橙"，贾谧希望陆机保持南方士族的操守、忠心仕晋，实际上是对南人道德节操的怀疑。三国归晋，南方士人作为"亡国之余"入仕晋朝。北方士人以胜利者自居，一些北方士族对南人群体带有地域歧视，甚至加以轻辱，作为南人领袖的陆机、陆云兄弟也难以幸免。《世说新语·方正》载："范阳卢志于众中问机曰：'陆逊、陆抗于君近远？'机曰：'如君于卢毓、卢廷。'志默然。既起，云谓机曰：'殊邦遐远，容不相悉，何至于此！'机曰：'我父祖名播四海，宁不知邪！'"卢志出身北方儒学世家，地位显赫，他面斥二陆兄弟祖、父之名，甚是无礼，实际上也是对南人的鄙视和挑衅。陆机予以回击，旨在捍卫家族荣誉。由于地域歧视及文化差异，南方士人要想真正融入北方社会较为困难。作为南人领袖的陆机以身作则，极力维护南方士人的尊严。面对贾谧的质问，陆机予以回应："惟汉有木，曾不逾境。惟南有金，万邦作咏。"《文选》吕向注曰："盖自勖如金之坚刚，不可变异也。谧赠诗，戒士衡无为变志故也，故以金答也。"吴淇评曰："在境不变，出境亦不变，且益当见重也。"面对北方士人的质疑与轻辱，陆机能够保持节操、捍卫尊严，不愧为"南金"的杰出代表。

陆机回击对方讥讽，虽多褒赞之辞而暗藏讽刺，以此针锋相对。面对贾谧对孙吴政权的质疑以及对南方士人的轻视，陆机答诗虽然表面上极其褒赞，实际上内含讥诮，细读其诗、联系史实，方可推其意旨。"惟公太宰，光翼二祖。诞育洪胄，纂戎于鲁"句下《文选》刘良注曰："洪胄，谓长子，即谧也。"葛立方《韵语阳秋》指出："言诞育，则以讥非已生也。"表面上陆机夸赞贾充、贾谧，实际上可能内含讥讽，谓贾谧非贾充之子。又如陆机答诗"我求明德，济同以和"，何焯《义门读书记》曰："时谧多无礼于太子，和同之语，盖有刺也。"据《晋书·贾谧传》："及为常侍，侍讲东宫，太子意有不悦，谧患之。……及迁侍中，专掌禁内，遂与后成谋，诬陷太子。"因此，"济同以和"之语假赞而实讽。正如葛立方所言："夫谧势焰熏灼如此，而机敢为廋词以狎侮之，真文人之习气哉。"陆机笔锋内敛，却又不卑不亢，巧妙应对。《晋书》赞曰："古人云：'虽楚有才，晋实用之。'观夫陆机、陆云，实荆衡之杞梓，挺圭璋于秀实，驰英华于早年，风鉴澄爽，神情俊迈。文藻宏丽，独步当时；言论慷慨，冠乎终古。"虽然陆机遭受"华亭之鹤，方悔于后"的悲剧，但其文辞翰藻亦足以冠绝一时。

四、克振家声，济同以和

通过细读陆机《答贾长渊》一诗，并结合其生平事迹，我们从中可以看出陆机的价值观念及其优良品德。陆机提倡"兴亡有常"的历史观，他维护南方士人的尊严，并对贾谧的讥讽之言予以回击，其中体现出的人生观及价值观也值得当代吸收借鉴。

陆机具有忠贞爱国、建功立业的精神。就家族意识而言，陆机具有强烈的"父祖情结"。作为南方士族的代表，陆机力图克振家声、建立功业。在二陆兄弟引领下，京都洛阳聚集了一批南方士人，他们积极仕进，为晋效力。《晋书·陆机传》载："时中国多难，顾荣、戴若思等咸劝机还吴，机负其才望，而志匡世难，故不从。"面临晋末八王之乱，张翰打着"莼鱼之思"的旗号，潇洒巧妙地回归吴地，其他一些吴地士人也纷纷回乡避祸，然而陆机依旧留在洛阳，力图建立功勋、志匡世难。在《答贾长渊》中，陆机肯定三国归晋的历史必然性，歌颂晋德。同时，陆机也热爱东吴故土。其作品中既有表达地域与家族自豪之感的"南金""南国"等意象，也有寄托着思乡之情的"南枝""南云""南荣"等意象。陆机身体力行，明知不可为而为之，为"惟南有金"做出了最好的诠释。

陆机能够保持自身操守，彰显出不卑不亢的气节。陆机"伏膺儒术，非礼不动"，其为人"清厉有风格"。陆机身上有一股浩然之气，他敢于回击北方士人的轻辱，追求平等公正。无论是面对北方士族的挑衅，还是当朝权贵的讥讽，陆机始终保持其独立的人格操守，不卑不亢地活着，这些在其《答贾长渊》诗中也有所体现。因为受到北人诋毁，陆机最终难免罹难，临终之前，陆机"释戎服、着白帢"，试图挽回知识分子的尊严。张溥评价曰："北海之外，一人而已。"将陆机和孔融并举，这正体现出古代文士不畏权贵、敢于抗争的气节。明清时期吴地不乏刚正不阿、狷介不羁之士，作为南国先贤的陆机，其榜样力量功不可没。

陆机还提倡文化融合、化解分歧的理念。陆机《答贾长渊》"济同以和"的观念值得当代发扬光大。三国归晋，南北地域分歧依旧存在，陆机之死也与南北士人纷争有一定关联，但是陆机能够主动学习北方文化，力求融入中原社会，成为南北文化交流的先驱者。当代文化日趋多元，但南北文化差异、中西文化隔膜依旧存在。中国文化讲究"君子和而不同"，不同政治制度、不同文化习俗的国家应当加强交流、互相尊重，只有求同存异，才能维护世界的和平稳定。

我们阅读《文选》作品，应该仔细涵泳体味其中的文化意蕴，感悟其中的经世致用之心。千年以后，我们在沧浪亭畔聆听到的，不仅是"沧浪之水"激起的归隐之心，更有陆平原这样步履阑珊的足音，引领着我们去追寻家国复兴的梦想，为了我们的家族、为了我们的故土、为了我们的民族，执着前行。

第八讲 "洛水"与"南金"——陆机诗作的"京洛"风尘

苏州沧浪亭

拓展阅读

潘岳《为贾谧作赠陆机》

肇自初创,二仪絪缊。粤有生民,伏羲始君。
结绳阐化,生象成文。芒芒九有,区域以分。
神农更王,轩辕承纪。画野离疆,爰封众子。
夏殷既袭,宗周继祀。绵绵瓜瓞,六国互峙。
强秦兼并,吞灭四隅。子婴面榇,汉祖膺图。
灵献微弱,在涅则渝。三雄鼎足,孙启南吴。
南吴伊何,僭号称王。大晋统天,仁风遐扬。
伪孙衔璧,奉土归疆。婉婉长离,凌江而翔。
长离云谁,咨尔陆生。鹤鸣九皋,犹载厥声。

况乃海隅，播名上京。爰应旌招，抚翼宰庭。
储皇之选，实简惟良。英英朱鸾，来自南冈。
曜藻崇正，玄冕丹裳。如彼兰蕙，载采其芳。
藩岳作镇，辅我京室。旋反桑梓，帝弟作弼。
或云国宜，清涂攸失。吾子洗然，恬淡自逸。
廊庙惟清，俊乂是延。擢应嘉举，自国而迁。
齐辔群龙，光赞纳言。优游省闼，珥笔华轩。
昔余与子，缱绻东朝。虽礼以宾，情通友僚。
嬉娱丝竹，抚鞞舞韶。修日朗月，携手逍遥。
自我离群，二周于今。虽简其面，分著情深。
子其超矣，实慰我心。发言为诗，俟望好音。
欲崇其高，必重其层。立德之柄，莫匪安恒。
在南称柑，度北则橙。崇子锋颖，不颓不崩。

第九讲

「乐琴书以消忧」——陶渊明诗中的菊与酒

你眼中的陶渊明是何许人？是那位"采菊东篱下，悠然见南山"的高洁隐者，是那个"猛志逸四海，骞翮思远翥"的有志之士，是那个"晨兴理荒秽，带月荷锄归"的田间耕者，还是"短褐穿结，箪瓢屡空，晏如也"的安贫乐道之人？一千个人心中，就有一千个陶渊明。他悠然行走在东晋那个时代，神态怡然，举止潇洒，徐徐向我们走来，步履轻盈，却又掷地有声，在千万人心中留下了痕迹。让我们穿过历史的迷雾，走近陶渊明，走近这个隐于田园、栖息自然的诗意之人，沉醉于他的琴与诗，聚焦于他的菊与酒，全面看待他的隐与仕，拥抱这个质性自然、抱朴含真的诗人，安贫乐道、乐天知命的君子。东晋诗坛，陶渊明一人足矣！渊明，渊深且明朗之人。或许，他不是在写诗，而是在述说生活，由此道出心灵自适的真意。

一、误入尘网，心系田园

陶潜，字渊明，浔阳柴桑人（今江西九江人）。陶渊明是东晋著名的田园诗人、隐士，其诗风平淡真淳，在中国诗歌史上留下了卓然不俗的印迹。他的诗歌风格质性自然，被钟嵘称为"古今隐逸诗人之宗"。陶渊明深受历代文人的喜爱与称颂，成为诸多文人心中的一个文化标杆。

关于陶渊明的家世生平，《宋书·陶潜传》中有所记载：

陶潜，字渊明，或云渊明，字元亮，浔阳柴桑人也，曾祖侃，晋大司马……亲老家贫，起为州祭酒，不堪吏职，少日自解归。州召主簿，不就。躬耕自资，遂抱羸疾，复为镇军、建威参军，谓亲朋曰："聊欲弦歌，以为三径之资，可乎？"执事者闻之……即日解印绶去

(明)王仲玉绘《陶渊明像》

职。赋《归去来》。

  陶渊明生于士族之家,其曾祖父陶侃为晋大司马,封长沙公,显赫一时,其祖父陶茂,为武昌太守,父亲名不详,母亲为东晋长史孟嘉之女。陶渊明生于这样的士族之家,虽然八岁丧父、家道衰落,但他自幼饱读诗书,受到孔孟之道的洗礼,隐藏在其骨子里的家族荣耀感与政治理想与之相伴,这也是他曾几入仕途、渴望建功立业的缘由之一。

  陶渊明的宗族观念十分浓厚,在《赠长沙公并序》一诗中,陶渊明以长者的身份写给陶氏族孙,全诗语气和蔼、言恳意切,一方面感叹陶氏宗族的悠久历史,赞美曾祖陶侃的美德与光辉,另一方面赞扬现长沙公能继父之爵位,发扬陶氏荣光,并加以勉励,以期日后能常常互通音信。诗中陶渊明称赞现长沙公为"于穆令族，允构斯堂，谐气冬暄，映怀圭璋；爰采春华，载警秋霜，我曰钦哉，实宗之光"，从对族人的高度赞美中，可看出陶渊明对自己陶氏家族情感深厚，也看出陶渊明的宗族观念、家族荣誉感都十分浓厚，这些观念指引他进入仕途，实现抱负。

陶渊明曾多次出仕，除了受家族观念影响，也跟自己年少时期意气风发、心怀建功立业的伟大抱负有关。他期望进入官场，施展拳脚，为国为民做出一番贡献。陶渊明自小受到良好的教育，在《饮酒二十首》其十六中自言"少年罕人事，游好在六经"，又称圣人孔子为"先师"，在儒家入世文化的影响下，他渴望在仕途中实现自己的政治理想。又如《杂诗》云："忆我少壮时，无乐自欣豫。猛志逸四海，骞翮思远翥。"陶渊明回忆自己少壮之时，虽无乐事，依然可以保持内心的欢愉。陶渊明曾心怀猛志，此处的"志"主要是指政治上的远大抱负。青年时期的陶渊明，生命情调高昂，心怀豪情壮志，渴望远翔高飞，建功立业，实现自己的政治理想。可是，诗人写道，"荏苒岁月颓，此心稍已去。值欢无复娱，每每多忧虑"，随着时间的流逝，陶渊明在官场几经沉浮，在政局动乱不堪、看透官场腐败险恶之后，深知自己既无力去拨乱反正，又不肯同流合污，明白抱负难以实现，于是当初的建功立业的猛志逐渐消减，即使遇见欢乐之事也难以开怀。此二句写出陶渊明中晚年时期内心的真情实感，与年少时期的心理状态形成鲜明对比。由此，久居官场的陶渊明感到累心屈志，开始怀念田园生活的美好，向往自然生活。

陶渊明曾五次出仕，除了前期的家族荣耀与年少抱负的驱使，后期现实的家庭温饱问题，又一次将他推向官场。领取俸禄、养家糊口，是陶渊明作为一个丈夫和父亲应该承担起的责任，于是他选择了出任彭泽县令。正如他所直言，当官是因为"余家贫"，是"苦长饥"下的无奈选择，因此，"投耒去学仕"。但在任彭泽令的日子里，他内心经常怅然，认为做官之举深愧平生志趣，这也让陶渊明更加确定自己是误入尘网，坚定自己向往田园之心。

为官时期的陶渊明心系田园，恰如笼中之鸟眷恋山林，池中之鱼思念故渊。在官场尘网的羁绊中，他越来越向往自然田园，渴望自由。但最终隐于山林，回归田园，这并不是一个单纯从心所欲的决定，而是与自己内心长期斗争的结果，也是权衡现实的过程。陶渊明也并非如世人想象的那般飘逸洒脱，想仕则仕，想隐则隐，他也和绝大多数的普通人一样，常感身不由己。但历经内心种与种挣扎之后，他选择遵从内心抉择，心中始终有一个声音在召唤着他："田园将芜胡不归？"

二、归去来兮，复返自然

　　在40岁左右，陶渊明辞去彭泽县令，归隐田园之初，将其辞官归家前后内心的所感所想，在《归去来兮辞》中娓娓道来。萧统将此篇收入《昭明文选》。欧阳修也对此作大加赞扬，评曰："晋无文章，惟陶渊明《归去来兮辞》一篇而已。"

　　陶渊明在《归去来兮辞》序文中自叙出任彭泽县令的经过，重点讲述了其辞官归家的缘由。陶渊明出任彭泽县令，一是出于家贫，为养家之需；二是满足其饮酒之需。而辞官归隐，虽说是因为程氏妹逝世，他归家心情急切，但更是"质性自然，非矫厉所得"的个性使然。陶渊明为官多日，怅然若失，深愧平生之志。唯有顺从己志，才能获得内心真正的安宁与自适。

　　《归去来兮辞》作为陶渊明告别官场、真正回归田园的宣言书，表达了自己对官场的厌倦及归隐的喜悦，更表达了对田园生活的向往。这篇作品作为陶渊明诗文名篇，全文行文流畅，语浅情深，是诗人心中所感的自然流露，恰如宋代李格非所评："陶渊明《归去来兮辞》，沛然如肺腑中流出，殊不知有斧凿痕。"这是陶渊明抒发情志的经典之作，因此广为流传，影响深远。不少书画及音乐作品受其影响。书法作品以赵孟頫晚年所书《归去来辞》最为知名，此书刚健挺拔、笔法炉火纯青。

音乐作品中，有明人据此篇为题材，以文句入音律，而作古琴曲《归去来辞》，其曲中正平和，一唱三叹，至今仍然经久不衰，广为传颂。

此曲无疑是依《归去来兮辞》而作。但此曲作者为谁，说法不一。一说是"按斯曲乃晋陶潜所作也"，认为是陶渊明本人所作，这可能是出于对陶渊明蓄"无弦琴"的艺术想象；另一说是后人根据陶渊明的《归去来兮辞》文句而作琴曲，以此来表

（元）赵孟𫖯书《归去来辞》（局部）

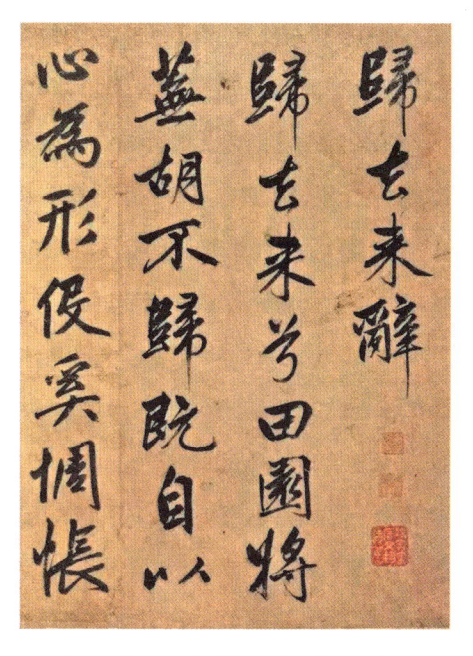

达对陶渊明高尚情操的颂扬与赞美。琴曲《归去来辞》最早见于1511年《谢琳太古遗音》，此曲流传广泛而深远，之后《重修真传琴谱》《杨抡太古遗音》等多部琴谱均有收录。

《谢琳太古遗音》解题云："是辞乃晋处士陶潜所作也。潜为彭泽令，郡遣督邮至，军吏白，应束带见之。潜曰：'我不能为五斗米折腰。'即日解印绶归。作此辞，播之弦歌，令人清风凛然，千载之下尚能使人兴起也。"题解道出了琴曲创作的缘由，此曲是对陶渊明不畏权贵，不违己志，风度凛然，质性高洁的赞美，展现了他在世人心中飘逸潇洒的隐者形象。《归去来辞》依《谢琳太古遗音》编撰之体例，琴曲缀以文辞，一字与一音相对应，为典型的对音弹唱琴曲，未作分段处理。而到了1530年《新刊发明琴谱》本，此篇更名为《归去辞》，并划分为五段。1585年，杨正表《重修真传琴谱》又将其分为六段，并有小标题，六段分别为"归去来辞""松菊怡颜""望云出岫""琴书自乐""幽居农谷""乐天知命"。之后，杨抡的《真传正宗琴谱》本也有六个标题，结合分段如下：

【第一段：解组思归】归去来兮，田园将芜胡不归。既自以心为形役，奚惆怅而独悲。悟已往之不谏，知来者之可追。识迷途其未远，觉今是而昨非。舟摇摇以轻扬，风飘飘而吹衣。

【第二段：陶然松菊】问征夫以前路，恨晨光之熹微。乃瞻衡宇，载欣载奔。僮仆欢迎，稚子候门。三径就荒，松菊犹存。携幼入室，有酒盈樽。引壶觞以自酌，眄庭柯以怡颜。倚南窗以寄傲，审容膝之易安。

【第三段：杜门息虑】园日涉以成趣，门虽设而常关。策扶老以流憩，时矫首而遐观。云无心以出岫，鸟倦飞而知还。景翳翳以将入，抚孤松而盘桓。

【第四段：遁世怀情】归去来兮，请息交以绝游。世与我而相遗，复驾言兮焉求。悦亲戚之情话，乐琴书以消忧。

【第五段：顺时乐趣】农人告予以春及，将有事于西畴。或命巾车，或棹孤舟。既窈窕以寻壑，亦崎岖而经丘。木欣欣以向荣，泉涓涓而始流。善万物之得时，感吾生之行休。

【第六段：逍遥物外】已矣乎！寓形宇内复几时。曷不委心任去留，胡为乎遑遑欲何之。富贵非吾愿，帝乡不可期。怀良辰以孤往，或植杖而耘耔。登东皋以舒啸，临清流而赋诗。聊乘化以归尽，乐夫天命复奚疑。

（南朝宋）陆探微《归去来辞图》

第一段，琴曲开指即下一沉实、厚重之按音，将陶渊明对田园的向往和毅然归隐田园的决心表现得淋漓尽致。曲调低沉悠扬，婉转舒缓，表达了诗人不乐意委身官场，不愿心为形役，坚定地走向田园的决然。第二段，曲调逐渐轻快，通过空灵的泛音演奏，诗人的欢欣与快意得以全面展现。久别归家，童仆幼子相迎，松菊犹在、美酒盈樽，阖家团圆，田园生活美好的一切，怎不让人内心愉悦？第三段，曲调趋于伤感，表达归隐田园之后的沉思与孤寂，抒发了陶渊明无意仕途、倦飞而还的深意。第四段，曲调舒缓，恰如陶渊明内心誓言的呢喃，表达决意远离世俗，绝不复驾出仕的决心，亲友悦情、琴书消忧才是内心所求。第五段，曲调一唱三叹，有对田园生活的体悟和对人生的思考。第六段，曲调少了一分欢快，多了一分低沉，在尾音余绕中抒发了自己对生命的思考与感慨，表达自己顺化自然、乐知天命、快意自在的人生观。整首乐曲节奏舒缓而富于感情，仿佛一曲咏叹调，描写其栖息田园、快然自足的心境。

归去来兮！陶渊明毅然退出混浊的官场，远离尘世纷扰，并坚定自己的内心选择，回归田园，复返自然。归隐之后，他躬耕于田野，醉心于自然，真正做到了安贫乐道、抱朴守拙，守住心中的一片净土，把精神的慰藉寄托在田园生活的赏菊、饮酒、读书、作诗上。酒去忧，菊延寿，对于陶渊明来说唯有菊与酒，方能增添他生活意趣，摆脱人生烦恼，超越生命局限，就如同他在《九日闲居》（其二）中所写："酒能祛百虑，菊为制颓龄。"

三、悠然采菊，抱朴含真

归隐后的陶渊明，走向山间与田园，在和谐的自然中，过着朴实而诗意的生活。陶渊明隐居后，菊、酒、五柳、葛巾、无弦琴等物都称为他艺术生活中的一部分，是他质朴自然的生活气息与淡然潇洒的生活趣味的展现。其中，"菊"是最具代表性、最能体现陶渊明田园生活趣味的一个意象。陶渊明爱菊，便种菊、采菊、赏菊、食菊、咏菊、颂菊，甚至也把自己活成了山间一朵菊花，枝有傲骨，芬芳高洁，栖息在那片心灵的乐土。

这世间，若用一种花来代表陶渊明，无疑是菊，菊最能得其神韵与风骨。提及"菊花"，大多数人脑海中浮现的第一个人，便是陶渊明吧！菊花于陶渊明而言，恰如莲花之于周敦颐，梅花之于林逋，竹子之于郑板桥一样。而陶渊明"采菊东篱下，悠然见南山"的千古名句，流传至今。"菊"作为陶渊明中诗文中的主要意象之一，在他的作品中多次出现，他将爱菊之情倾注于笔端，也将种菊、食菊、赏菊、颂菊的诸多逸趣展现在世人眼前。

关于种菊，从陶渊明辞官归家，看到"三径就荒，松菊犹存"，内心十分欢喜，便可知陶渊明家中有菊，甚至是"秋菊盈园"。菊花，是中国的一种本土花卉，《礼记·月令》记载："季秋之月……鞠有黄华。"说明菊花在季秋开放，是秋天最后一个月，即为农历九月，春夏花事已了之时，而秋菊独芳。

菊花不仅可以观赏，还可以食用。关于食菊，早在屈原《离骚》中就有记载："朝饮木兰之坠露兮，夕餐秋菊之落英。"此外，《九章·惜诵》中亦有"播江离与滋菊兮，愿春日以为糗芳"之句。从先秦至魏晋，古人视菊花为一种高洁的花草，认为食菊可以延年益寿。汉代应劭的《风俗通义》记载，河南有个叫甘谷的地方，溪水的上游长满菊花，长期饮用这种受到菊花滋养的溪水，那里的人多长寿，长者期颐（一百余岁），少者耄耋（八九十岁）。对此，陶渊明十分赞同，认为"菊解制颓龄"，是有助长寿之物。

陶渊明食菊，主要就是品饮菊花酒。菊花入酒，据西晋葛洪《西京杂记》记载，汉朝宫中已有饮菊花酒的习俗："菊花舒时，并采茎叶，杂黍米酿之，至来年九月九日始熟，就饮焉，故谓之菊华酒。"陶渊明闲暇之余，时常在家自酿菊花酒。在秋菊开放之时，采下菊花的茎叶，和粮食一起拌匀，放入酒药，待到来年的重阳节开坛，酒味浓郁，又得花之清香。不过，经常还未到次年的九月九日，陶渊明就提前启坛，将菊花酒喝完了。据梁萧统《陶渊明传》记载，重阳这日，陶渊明坛中已无酒可喝，只好默默地坐在屋边遥想美酒，欣赏菊花，恰好此时好友王弘穿着白衣送酒来了，陶公忍无可忍，摘下菊花蘸着酒就大喝起来。陶渊明此行此举，打破了那个仿佛不食人间烟火的飘逸隐士形象，行为举止肆意洒脱，让人觉得甚为可亲可爱，不禁为之一笑。此则故事，后来被陈洪绶画入博古叶子中，成为文士行酒令时的文雅游戏。

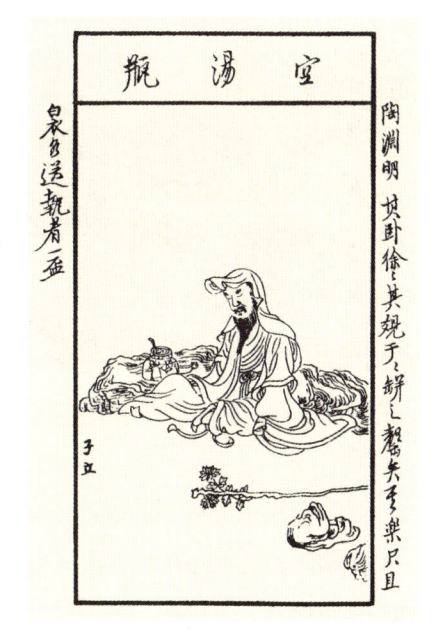

（明）陈洪绶绘《空汤瓶》

当然，陶渊明爱菊，并不仅体现在种菊、食菊之事上，更在陶渊明赏菊、采菊时之悠然心境。因此，不得不提采菊名篇《饮酒》（其五），此诗简笔勾勒陶渊明东篱采菊之况，物我两合的境界便跃然于纸上。

> 结庐在人境，而无车马喧。问君何能尔？心远地自偏。
> 采菊东篱下，悠然见南山。山气日夕佳，飞鸟相与还。
> 此中有真意，欲辨已忘言。

苏轼云"渊明诗初看散缓，熟看有奇句"，此言有理。诗句娓娓道来却平中见奇，内蕴深厚。陶渊此诗初读觉得寻常，但细品之下又颇以为妙。此诗用最浅显的话语，描绘了山中采菊这一寻常小事，却饱含了深刻的哲思。采菊途中，目随菊迁，忽一抬头，便见南山，可见当时诗人当时内心的闲适与淡然，不仅仅是"地偏"，更是"心远"，是远离"车马喧"的世俗纷扰，是贴近自然之后的"悠然"的欢欣。此时，南山的美景与采

(明)董其昌绘《采菊望山图》

菊时悠然自得的心境相映衬,合成物我两忘的"无我之境"。更妙之处在于此中悟出的真意却无法表达,又具有魏晋玄学"得意忘言"的韵味,可谓质朴自然又含蓄隽永。

周敦颐《爱莲说》云:"水陆草木之花,可爱者甚蕃。晋陶渊明独爱菊。"可这世间千万种花,为何陶渊明会独爱菊花?仅仅是为了点缀田园、采菊把玩、酿菊花酒喝吗?

显然不是,明代方孝孺说陶渊明"其意不在菊",此言甚有道理。陶渊明之所以爱菊、颂菊,是爱菊花的风骨,颂菊花的气节。其诗曰:"芳菊开林耀,青松冠岩列。怀此贞秀姿,卓为霜下杰。"诗中赞美了菊花节操与品性。菊花,是"此花开尽更无花"历经风霜的坚贞,是"菊残犹有傲霜枝"不违己志的傲骨,更是"宁可抱残枝头死"不屈不移的高洁。菊花,正是天生傲骨的精神象征,它耐寒、高洁、飘逸、幽香、坚贞、淡泊,有安贫乐道的君子之气,也正是陶渊明飘逸高洁人格的化身。

"菊"古义为"从鞠,为穷尽之意"。古人称此花为菊花,是说一年之中的花事到此结束。菊花不在春日里与百花争艳,看似不合时宜,偏在花事尽后,独自静静开放,不言不语,不争也不闹。这不恰如隐居后的陶渊明吗?在时人眼中,陶渊明可能是个"不合时宜"之人。世间不乏隐士,但多是该隐则隐,该仕则仕,归隐或许只是他们躲避世事政祸,或待机而动、获得名利的一种方式罢了,如梁衡的归隐是为了避祸,严子陵的归隐是意在扬名,李白的归隐终南是为了出仕。倒是陶渊明的归隐,却是那样纯粹,是生性淡泊,不慕名利,真正做到了与仕途决裂,归隐田园,安贫乐道,抱朴含真。

陶渊明恰如一株菊花,处于那随波逐流、追名贪利的纷乱年代,他始终如秋菊一般高洁,不妥协于黑暗现实,终究不改其志,坚守自己心中的"道"。"不为五斗米折腰"的故事,让我们看到了陶渊明不为功名利禄而屈心抑志的高风亮节。史载,江州刺史檀道济上任之时,前去探望陶渊明。此时陶渊明年过六十,身体虚弱,卧病在床。檀道济对其说:"听说贤德之人,在世道不好时就隐居,在世道圣明时便出仕为官。当今皇帝英明,四海归心,朝廷再三请你做著作郎,你何必在此过苦日子呢?"陶渊明说:"古人有言,不戚戚于贫贱,不汲汲于富贵,我不过恪守古人遗训罢了。"交谈良久,檀道济知道陶渊明心意已决,便吩咐随从把酒、腌肉送给陶渊明,但陶渊明却坚决不受。陶渊明真正做到了"贫贱不能移"。

虽然,他归隐后的生活颇为困窘,常有"夏日抱长饥,寒夜无被眠""短褐穿结,箪瓢屡空"之况,但陶渊明的归隐之心却坚若磐石,他安贫乐道,乐在其中,真正享受自然。纵观陶渊明这一生,抱着儒家"治国平天下"的大志出仕,但门阀森严、战乱频繁的动荡社会让他屡受挫折;他怀着道家隐逸思想回归田园,躬耕田野,经历人世间的种种困苦。但这些都没有动摇他的志趣,相反,读他的诗文,我们看到他是如此快乐。

陶渊明恰如山谷中一朵淡然的菊花,远离尘世,寄情田园,饮酒赏菊。他真正做到了淡泊名利,抱朴含真,真实而诗意地栖居在田园之中。

四、有酒盈樽,乐知天命

陶渊明喜菊,更爱酒,他丰富的生活意趣、深刻的人生感悟,都在酒中得以显现。"酒"是陶渊明诗歌中最为重要的意象，陶诗百余首，虽非"篇篇有酒"，但其涉酒诗篇目颇多。对陶渊明而言，酒是他人生中不可或缺之物，饮酒是他人生一大乐事，是他生活意趣的承载物，更是他丰富情感的宣泄口。陶渊明把淡淡的酒化为浓浓的情，在醉与醒之间，倾吐他生命的体验、人生的感悟。

陶渊明曾任彭泽县令一职，他在《归去来兮辞》中自言求职原因之一是"公田之利，足以为酒"。这般"以权谋私"，还敢付之笔端，并从未招来骂名的，怕是也就只有真淳坦率的陶渊明了。《陶渊明传》载："公田悉令种秫谷，曰：'令吾常醉于酒足矣。'妻子固请种粳。乃使一顷五十亩种秫，五十亩种粳。"陶渊明为饮酒之便，居然希望百亩公田皆种酿酒的秫，由此可见，陶渊明对酒喜爱至深。

此外，陶渊明在《五柳先生传》中自言："性嗜酒，家贫不能常得。亲旧知其如此，或置酒而招之；造饮辄尽，期在必醉。既醉而退，曾不吝情去留。环堵萧然，不蔽风日；短褐穿结，箪瓢屡空，晏如也。"陶渊明好酒，众人皆知，知其家贫不能常得酒，亲友招之便欣然前往，喝个酩酊大醉，"每一醉，则大适融然"。据传，颜延之在新官上任之时途经浔阳，屡次与陶渊明共饮，每喝必醉，临别之时，给陶

（明）张鹏绘《渊明醉归图》

渊明留下两万钱，竟然都被陶渊明送与酒馆，可见其爱饮酒之甚。他甚至在《读〈山海经〉》（其五）中发出"在世无所须，惟酒与长年"的慨叹。

陶渊明爱酒，也写下诸多饮酒诗，使得"酒"成为其诗歌中的重要题材，如《饮酒二十首》《述酒》《止酒》等篇。陶渊明爱酒，并非是单纯有饮酒之好，在他的饮酒诗中，总能读到他对人生的感悟、对命运的思考。正如梁萧统在《陶渊明集序》中所言"有疑陶渊明诗篇篇有酒，吾观其意不在酒，亦寄酒为迹者也"，一语道破陶渊明的饮酒诗主要是"寄酒为迹"。迹者，谓之时局、心迹，陶渊明以酒为宣泄口，借此表达自己丰富的心境与感情，表达对人世间的诸多感悟。或许，陶渊明是因为饮酒才生出这些人生体验，或是有诸多生命感悟借饮酒作诗抒发出来。但毋庸置疑的是，陶渊明是爱酒之人，他之所以爱酒，主要有以下四个原因。

一是天性嗜酒。就如他的《五柳先生传》中所言"性嗜酒"，此为天性使然。古往今来，爱饮酒的文人志士数不胜数，从帝王贵族到文人百姓，多有爱酒者，因此陶渊明喜酒，不足为奇。而且，魏晋时期文士尚饮之风盛行，饮酒逐渐成为一种风尚，所以处于魏晋风尚下的陶渊明爱饮酒，也是情理之中。陶渊明在《止酒》一诗云"平生不止酒，止酒则无喜"，可见饮酒可以给陶渊明带来愉悦与快意，却常有"饮酒不得足"的遗憾。

二是饮酒忘忧，借酒避祸。即使超然如陶渊明，在晋代那样动乱不堪的政局下，也无法真正做到脱离世事，遗世独立。正如他的《饮酒》诗中写道，"泛此忘忧物，远我遗世情。一觞虽独进，杯尽壶自倾"，酒在陶渊明眼中，是忘忧之物，可以使他远离尘世烦扰，遗忘生命的困顿与失意。正如朱光潜先生所言，"像许多有酒癖者一样，他要借酒压住心中的极端苦闷，忘去世间种种不称心底事"，世人皆有忧愁与烦恼，陶渊明亦然，于是他选择"中觞纵遥情，忘彼千载忧"。所谓"何以解忧，唯有杜康"，他借酒消除心中块垒，借此短暂忘却忧愁，不断在化解愁绪中走向更加超然的境界。如《责子》一诗中，陶渊明虽失望于五子未成良材，但认为子孙之事，天命不可强求，不如饮去杯中酒，坦然面对世事，一忘了之，在"天命苟如此，且进杯中物"的慨叹中消解内心苦楚。

魏晋时期，借饮酒躲避政治祸端的人不在少数。如阮籍为拒绝与司马昭政治联姻，曾连饮多日，大醉六十日来摆脱政治捆绑，以此躲避祸端。因此陶渊明诗云"若复不快饮，空负头上巾。但恨多谬误，君当恕醉人"，通过饮酒大醉，肆意洒脱，营造出一种自己虽无心仕途，也无害于朝廷统治之况，希望统治者宽恕这位大醉之人的胡言乱语，以此来明哲保身。可见，这酒不仅抚慰了他心灵的伤痛，更是让他借此避免被当权者祸害。

三是借酒来看淡荣枯，安贫乐道。如《饮酒》（其九），此诗借与田父的对话，谈及对隐居之见，是对《楚辞·渔父》问答体的模仿之作。诗言老农携酒浆而来，言诗人隐居于此是与世俗乖离，是不合时宜之举。生活在茅屋之下，衣衫褴褛，并非是一种高隐，何不与世推移，顺势而为，在世人皆浊的情况下，汩其泥而扬其波呢？陶渊明听完便说自己秉性天生寡合，并言"纡辔诚可学，违己讵非迷"，认为自己虽可以从政，但"违己"之行又岂非是迷误？表达自己绝不随波逐流、重返仕途，更不会再次违背自己的心志。陶渊明归隐，并非是像一些隐士一般，或为了获得更好的仕途机缘，暂时隐于山野，待价而沽，或是想通过隐居换取高名，进而获得荣华富贵。陶渊明就是纯粹因为热爱田园而坚定归隐，正如他在《饮酒》（其十二）中表达了自己的态度，他赞扬张挚辞官且终身不仕，惋惜于杨伦的隐而复仕，并认为世俗久已相欺，隐居之心要坚决，不可妄图富贵与浮名。

世间的衰荣彼此相互交迭，本就无法永固，恰如东陵侯邵平，也未曾想到自己日后会在长安城东种瓜。陶渊明认为天地寒暑易变，人道亦如此，不如在"忽与一觞酒，日夕欢相持"中，看淡人世间的荣枯，不慕浮名，安贫守拙，享受最自然淳朴之乐，也坚守自己心中的"道"。

四是他借助饮酒，超越生死，乐知天命。陶渊明的酒中、诗中，都有他的生命感悟与人生哲学。

其诗《连雨独饮》集中表达了他独特的生死观。

> 运生会归尽，终古谓之然。世间有松乔，于今定何间。
> 故老赠余酒，乃言饮得仙。试酌百情远，重觞忽忘天。
> 天岂去此哉，任真无所先。云鹤有奇翼，八表须臾还。
> 自我抱兹独，俛俛四十年。形骸久已化，心在复何言。

方东树《昭昧詹言》评其诗："不过言人生必死，世无仙人，不如饮酒，而用意用笔俱回曲深峻。"陶渊明化古为新，不着痕迹，甚至可以把生死乃人生常事这一命题，论出新意。此诗写于诗人独饮之后，在独处中感悟生命有终，不必惧怕生死，不必期盼成仙，像赤松子与王子晋这样的神仙也早不知去向。并直言若想得仙，当快意饮酒，方有成仙之飘飘然之感，小酌可以远离世间百情，大饮则可忘乎天地之至境。诗人进而抒发人生当以任真为先，超脱自然，不必让生死之事累怀，即使形骸已化，只要初心不改，旧志仍在，便可无悔矣。

陶渊明并未像诸多传统隐士那般，或颓唐没落，沉迷享乐；或服食炼丹，以求长命百岁，羽化登仙；又或终于深山老林，与世隔绝，行为乖张。他逃离官场，却不逃离生活本身；他归隐田园，却不躲避人群与烟火，只是在那田园中，怀抱着闲适意趣，感受平和自然的生活，享受生命本身的美好。

古往今来，文人多爱酒，有建安才士曹植"归来宴平乐，美酒斗十千"；有美男子"嵇叔夜之为人也，岩岩若孤松之独立；其醉也，傀俄若玉山之将崩"；有诗圣杜甫"酒酣登吹台，慷慨悲歌，临风怀古"；有诗仙李白"长安市上酒家眠，天子呼来不上船"。然而，他们的酒都太过浓郁。陶渊明的酒是淡淡的，或可名曰"清香型"，他的酒入口清醇，却让世人一醉千年。陶渊明的酒和田园很近，和自然很近，和人性很近。酒为他避开了尘世的喧嚣，消融了现实的污浊，为他开辟了一方安放精神家园的净土，使他平淡而不圆满的生活飘逸着一份诗性。

陶渊明用他琴书消忧、菊酒怡情的生活意趣，用他的平实朴素、任真自然的生活态度，用他淡泊名利、坚守田园的人生追求，用他抱朴含真、乐知天命的生命哲理，滋润了千万士人的心，教会他们如何在尘世诗意地生活、悠然地栖居，教会他们如何遵循自己的内心，真实快乐地活着，教会他们无惧生死，逍遥物外，关照眼前这个世界。沈潜德云："陶诗胸次浩然，其中有一段渊深朴茂不可到处。"走进陶渊明，就越靠近真与美，越能体悟到蕴藏其中自然平和、任真自得以及饱含逸趣的艺术人生。

拓展阅读：陶渊明作品选读

《五柳先生传》

先生不知何许人，亦不详其姓字，宅边有五柳树，因以为号焉。闲靖少言，不慕荣利。好读书，不求甚解，每有会意，便欣然忘食。性嗜酒，家贫不能常得。亲旧知其如此，或置酒而招之，造饮辄尽，期在必醉。既醉而退，曾不吝情去留。环堵萧然，不蔽风日，短褐穿结，箪瓢屡空，晏如也。常著文章自娱，颇示己志，忘怀得失，以此自终。

赞曰：黔娄之妻有言："不戚戚于贫贱，不汲汲于富贵。"极其言兹若人之俦乎？衔觞赋诗，以乐其志。无怀氏之民欤？葛天氏之民欤？

《归园田居五首》（其一）

少无适俗韵，性本爱丘山。误落尘网中，一去三十年。
羁鸟恋旧林，池鱼思故渊。开荒南野际，守拙归园田。
方宅十余亩，草屋八九间。榆柳荫后檐，桃李罗堂前。
暧暧远人村，依依墟里烟。狗吠深巷中，鸡鸣桑树巅。

户庭无尘杂，虚室有余闲。久在樊笼里，复得返自然。

《九日闲居（并序）》

余闲居，爱重九之名。秋菊盈园，而持醪靡由，空服九华，寄怀于言。

世短意恒多，斯人乐久生。日月依辰至，举俗爱其名。
露凄暄风息，气澈天象明。往燕无遗影，来雁有余声。
酒能祛百虑，菊解制颓龄。如何蓬庐士，空视时运倾！
尘爵耻虚罍，寒华徒自荣。敛襟独闲谣，缅焉起深情。
栖迟固多娱，淹留岂无成。

《和郭主簿二首（其二）》

和泽周三春，清凉素秋节。露凝无游氛，天高肃景澈。
陵岑耸逸峰，遥瞻皆奇绝。芳菊开林耀，青松冠岩列。
怀此贞秀姿，卓为霜下杰。衔觞念幽人，千载抚尔诀。
检素不获展，厌厌竟良月。

《饮酒二十首（其七）》

秋菊有佳色，裛露掇其英。泛此忘忧物，远我遗世情。
一觞虽独进，杯尽壶自倾。日入群动息，归鸟趣林鸣。
啸傲东轩下，聊复得此生。

《饮酒二十首（其十三）》

有客常同止，取舍邈异境。一士长独醉，一夫终年醒。

醒醉还相笑，发言各不领。规规一何愚，兀傲差若颖。
寄言酣中客，日没烛当秉。

《饮酒二十首（其十九）》

畴昔苦长饥，投耒去学仕。将养不得节，冻馁固缠己。
是时向立年，志意多所耻。遂尽介然分，拂衣归田里。
冉冉星气流，亭亭复一纪。世路廓悠悠，杨朱所以止。
虽无挥金事，浊酒聊可恃。

《止酒一首》

居止次城邑，逍遥自闲止。坐止高荫下，步止荜门里。
好味止园葵，大欢止稚子。平生不止酒，止酒情无喜。
暮止不安寝，晨止不能起。日日欲止之，营卫止不理。
徒知止不乐，未知止利己。始觉止为善，今朝真止矣。
从此一止去，将止扶桑涘。清颜止宿容，奚止千万祀。

《责子一首》

白发被两鬓，肌肤不复实。虽有五男儿，总不好纸笔。
阿舒已二八，懒惰故无匹。阿宣行志学，而不爱文术。
雍端年十三，不识六与七。通子垂九龄，但觅梨与栗。
天运苟如此，且进杯中物。

第十讲

「孤屿媚中川」——谢灵运行旅诗的生命印迹

行旅，对于诗人和人生意味着什么？就出生于王谢世族的谢灵运而言，行旅是他生命的印迹，山水是他远离世俗的审美寄托。南朝萧统所编的《文选》共收录谢灵运的行旅诗十首，主要表现诗人或是羁旅他乡、或是行役途中的所见所感。谢灵运生命的最后十余年，经历仕与隐之间的反复纠结，在永嘉、始宁、临川等地不断迁徙，人生之苦、山水之乐、故乡之思等诸多印迹共同晕染出一幅幅绚丽多变的行旅图卷。行旅诗，意味着诗人生存空间的转换、境遇的变迁，还有心灵状态的微妙变迁。谢灵运诗中的行旅是孤独的，笔下的山水是孤傲的，心灵世界也是复杂且困顿的。诗如人生，人生如旅……

谢灵运像

一、苕苕船帆，茫茫何之

《文选》所录谢灵运行旅诗十首作于诗人赴任途中或客居之时，多为谢诗名篇佳作。解读这十首诗作，首先需要了解入宋以后的政治背景以及谢灵运的仕宦经历。《宋书·谢灵运传》载："高祖受命，降公爵为侯，食邑五百户。起为散骑常侍，转太子左卫率。灵运为性褊激，多愆礼度，朝廷唯以文义处之，不以应实相许。庐陵王义真少好文籍，与灵运情款异常。少帝即位，权在大臣，灵运构扇异同，非毁执政，司徒徐羡之等患之，出为永嘉太守。"永初元年（420年），刘裕禅晋，谢灵运降公爵为侯，其内心愤愤不平。为了谋取政治权位，谢灵运与庐陵王刘义真、颜延之、慧琳等结为好友。永初三年（422年），少帝即位，徐羡之、傅亮掌握实权，以刘义真为首的政治群体遭受打压，纷纷被迫离京外任。"出为永嘉太守"，一个"出"字，将谢灵运遭受政治打压的状况全盘托出。这次政治打击可谓谢灵运人生重要的转折点，其参与机要的梦想日益遥远。离开政治文化中心建康，远赴相对偏僻的永嘉郡，谢灵运心中的郁郁不乐可想而知。

据其诗作推知，谢灵运自永初三年（422年）七月十六日出发，直到当年八月十二日才抵达永嘉。《永初三年七月十六日之郡初发都》《过始宁墅》《富春渚》《七里濑》这四首行旅诗作于谢灵运赴任永嘉太守之时。诗人的思绪伴随着沿途风景一路飞驰，其中展露的心迹亦略有不同。《永初三年七月十六日之郡初发都》作于永初三年（422年）七月十六日离开都城建康之时："生幸休明世，亲蒙英达顾。空班赵氏璧，徒乖魏王瓠。从来渐二纪，始得傍归路。将穷山海迹，永绝赏心悟。"该诗表达出对于故土知己的依恋，发出生不逢时的慨叹，也流露出对徐、傅集团的不满和寄情山林的情绪。

离开建康之后，诗人中途路过故乡始宁，写下一首《过始宁墅》，曰："束发怀耿介，逐物遂推迁。违志似如昨，二纪及兹年。"从元兴年间入仕到永初三年（422年）外放永嘉，诗人经历了二十余年的宦海沉浮，壮志难酬之情再次被点燃。"挥手告乡曲，三载期归旋。且为树枌槚，无令孤原言！"诗句最后有终老故土之意，然而事与愿违，诗人人生的船帆与他的故乡渐行渐远。离开故乡始宁后，诗人沿钱塘江西上，经过富春渚、七里濑等地，并赋有诗篇。《富春渚》一诗描绘沿途的惊急，诗人由此联想到人世的艰险，继而产生遁世之感。《七里濑》一诗描写迁逝之悲以及孤寂之情，并以老庄之言自我排遣。

上述五首诗歌皆作于赴任途中，在任永嘉太守期间，谢灵运诗歌体现出微妙的心态变化。《宋书·谢灵运传》载："郡有名山水，灵运素所爱好，出守既不得志，遂肆意游遨，遍历诸县，动逾旬朔，民间听讼，不复关怀。所至辄为诗咏，以致其意焉。在郡一周，称疾去职，从弟晦、曜、弘微等并与书止之，不从。"《登江中孤屿》作为景平元年（423年）永嘉太守任中，表现诗人"放眼江天，脱履遗世"的心态，正是其"出守既不得志，遂肆意游遨"生活的真实写照。《初去郡》作于景平元年秋，谢灵运离开永嘉回故乡始宁之时，"负心二十载，于今废将迎"是诗人一段人生经历的总结与反思，也是诗人暂时摆脱仕途羁绊因而获得内心喜悦的直接书写。

景平元年（423年）至元嘉三年（426年），谢灵运隐居故乡始宁两年多，元嘉三年（426年），文帝召谢灵运入都，任秘书监、侍中，"文帝唯以文义见接，每侍上宴，谈赏而已"，"灵运意不平，多称疾不朝直"，谢灵运因此又于元嘉五年（428年）称疾东归。谢灵运再度回到故乡始宁，游娱宴集、文章赏会，并与会稽太守孟𫖮结下仇隙，孟𫖮上书"表其异志"，宋文帝外放谢灵运为临川内史。《初发石首城》作于元嘉八年（431年），谢灵运离开都城建康远赴临川之时。其诗曰：

> 白珪尚可磨，斯言易为缁。虽抱中孚爻，犹劳贝锦诗。寸心若不亮，微命察如丝。日月垂光景，成贷遂兼兹。出宿薄京畿，晨装抟鲁飔。重经平生别，再与朋知辞。故山日已远，风波岂还时。苕苕万里帆，茫茫终何之？游当罗浮行，息必庐霍期。越海凌三山，游湘历九嶷。钦圣若旦暮，怀贤亦凄其。皎皎明发心，不为岁寒欺。

十年前，谢灵运离开都城建康赴任永嘉太守，仅是距离故乡始宁不远的永嘉，而此次外放则生死难测、前途未卜。"重经平生别，再与朋知辞"，一个"重"字和一个"再"字饱含着无限感慨与无奈。"苕苕万里帆，茫茫终何之？"诗人叩问：万里的征途将驶向何处，而人生的旅程又将走向何方？《道路忆山中》《入彭蠡湖口》两首诗同样作于赴任临川内史之时。《道路忆山中》是"怀故叵新欢，含悲忘春暖"之类的凄恻之情，《入彭蠡湖口》则是"千念集日夜，万感盈朝昏"之类的万般愁绪，而作于元嘉九年（432年）临川任上的《入华子岗是麻源第三谷》也表现出"羽人绝仿佛，丹丘徒空筌"的幻灭感。

十年的人生磨砺，反复的仕隐纠结，加之旅途跋涉的困顿，诗人远赴临川时期的心境异常失落与悲凉，曾经的愤懑与抗争转化为空荡与疲倦，其笔下的山水也不复新异澄明，而多了几分寂寥与凄恻。谢灵运对于永嘉、始宁、临川三个不同空间的行旅抒写，就像人生的帆船一样，经历过"剖竹守沧海，枉帆过旧山"的几分依恋，"乱流趋正绝，孤屿媚中川"的秀绝孤傲，最终走向"苕苕万里帆，茫茫终何之"的无边空旷。

二、行客多忧，作诗自遣

《文选·诗·行旅》李周翰注曰："旅，舍也。言行客多忧，故作诗自慰。"谢灵运行旅诗蕴含何忧，又如何自我宽慰和排遣呢？

首先，书写行役游宦之苦。空间之迁移、旅途之劳顿、路途之艰险成为行旅诗最直接的表现主题，《诗经》《楚辞》以及《古诗十九首》中不乏此类情感的倾诉。谢灵运行旅诗继承了诗骚及古诗传统，将此类主题描绘得更加形象、愈发深入。诗人笔下，路途是如此艰险："溯流触惊急，临圻阻参错。亮乏伯昏分，险过

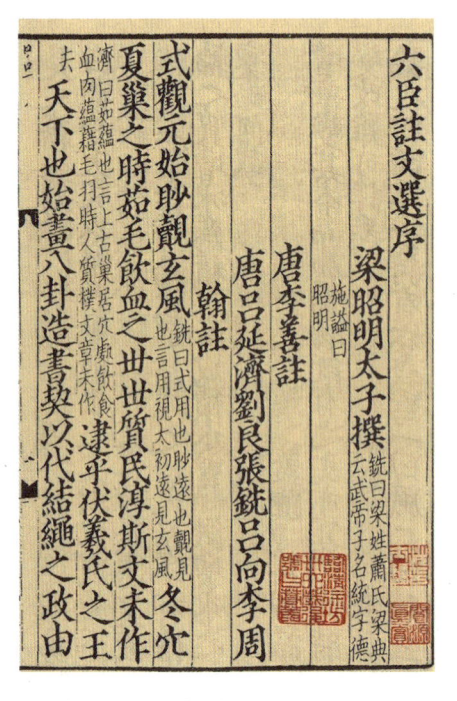

《六臣注文选》（宋刻建州本）书影

吕梁壑。"身体是如此疲倦："客游倦水宿，风潮难具论。洲岛骤回合，圻岸屡崩奔。"内心是如此郁积："羁心积秋晨，晨积展游眺。孤客伤逝湍，徒旅苦奔峭。""游子""孤客""越客"等字眼是诗人对游宦身份的自我体认，"辛苦""羁心""肠断"等语汇则充分体现出诗人内心的苦闷与羁绊。谢灵运所描绘的行旅图景，大多发生在清晨及黄昏时分，诸如"秋岸澄夕阴，火旻团朝露""宵济渔浦潭，旦及富春郭""乘月听哀狖，浥露馥芳荪"，此类叙写塑造出或是昏暗迷离，或是哀婉凄恻，或是急迫无定的艺术境界，也成为诗人苦闷抑郁、孤独落寞心境的真实写照。

其次，表达离家思乡之情。游宦在外，漫漫旅途、悠悠水路，思乡之情愈发醇厚，汉末士人就曾发出"思还故里闾，欲归道无因"（《去者日以疏》）的惆怅慨叹。对于谢灵运而言，行旅途中令其最为挂念的，不是故乡的妻子亲友，而是代表着谢氏家族故里的"旧山"。"剖竹守沧海，枉帆过旧山""故山日已远，风波岂还时"，"旧山"总是让身在旅途的谢灵运魂牵梦绕。《过始宁墅》李善注引沈约《宋书》曰："灵运父祖并葬始宁县，并有故宅及墅，遂修营旧业，极幽居之美。""旧山"，代表着谢氏家族的昔日辉煌，蕴含着东山高卧的不羁风度，更满载着诗人自由放达人生的美好回忆。其《道路忆山中》一诗表现出浓郁的思乡之情：

采菱调易急，江南歌不缓。楚人心昔绝，越客肠今断。断绝虽殊念，俱为归虑款。存乡尔思积，忆山我愤懑。追寻栖息时，偃卧任纵诞。得性非外求，自己为谁纂？不怨秋夕长，常苦夏日短。濯流激浮湍，息阴倚密竿。怀故叵新欢，含悲忘春暖。凄凄明月吹，恻恻广陵散。殷勤诉危柱，慷慨命促管！

该诗作于元嘉九年（432年），谢灵运被外放、赴任临川内史途中。诗人借用《楚辞》意境发端，并由此联想到屈原放逐的故国之思，诗人与屈原产生了情感共鸣。昔日故山的自由欢愉时光如此短暂，如今欢欣不再，满腹悲伤，以至于忘记春日温暖。面对茫茫江水，诗人只听到凄切的笛声以及哀伤的琴音……曾经"游娱宴集，以夜续昼""寻山陟岭，必造幽峻，岩嶂千重，莫不备尽"之类的自由美好生活变为一种追忆。何焯曰："谢诗用意，都在山水间，而以怀旧息机为宗旨。故自去永嘉再出临川，皆寓此意。"吴淇亦曰："此又至情之人以愁遣愁。"故山日远，自由不复，留下的唯有未知的旅途和追忆的愁绪……谢灵运的乡恋之歌，不是陆机"伫立望故乡，顾影凄自怜"的家国情怀，也不是陶渊明"养真衡茅下，庶以善自名"的田园梦想，而是"追寻栖息时，偃卧任纵诞"的自由人生。羁旅的愁思，让他更加意识到"故山"的美好，然而"为性褊激、多愆礼度"的个性以及政治的险恶，使他距离"故山"越来越远。

其三，叙说仕途失意之悲。就行旅本身而言，尤其是士人游宦经历，或是贬谪，或是放逐，或是调任，其与政治关联较为密切。自屈原开始，"逐臣"形象就不断地被文学中书写。士人对于仕途的思索不尽相同，相比而论，潘岳的行旅诗更多显示出望京恋阙之心，陆机表现出仕途未卜的焦虑，陶渊明流露出对于仕途的厌倦，而谢灵运更多则在仕与隐之间徘徊。"朝廷唯以文义处之，不以应实相许"，谢灵运难以在政治上真正有所作为。永初三年（422年），谢灵运出为永嘉太守，其《富春渚》曰："平生协幽期，沦踬困微弱。久露干禄请，始果远游诺。宿心渐申写，万事俱零落。"何焯曰："既以重险比徐、傅执政之见排，复言适协本趣，固非干木、季友所得重轻。万事零落，则终身无复当世之志。曲折三致，不卑不激。"此诗将仕途的失落推而广之，变为人世艰辛的深层体悟，诗人认为唯有顺时而退可保天命。"违志似如昨，二纪及兹年""负心二十载，于今废将迎""宿心渐申写，万事俱零落"，"违志""负心""宿心"之类语汇反复出现，在孤苦的行旅中，诗人反复追问自己的内心：是负心违志地浪迹仕途，还是自由自在地栖逸山林？实际上，他追求一种仕与隐的中间状态，很多时候更是名仕实隐，这与谢眺"既欢怀禄情，复协沧州趣"的人生追求颇为相似。《过始宁墅》方伯海评曰："晋宋诗人多以不乐仕宦转相祖述，特藉是以抒其愤郁不得志耳。岂真能如陶靖节之不忘故园松菊也者？"仕途的失意强化了诗人的遁迹之志，然而在严峻的政治现实面前，谢灵运变得身不由己，最终成为政治的牺牲品。

行役之苦与思乡之情的愁绪如何排遣，仕途失意与栖逸山林的矛盾又如何调和？漫漫旅途中，谢灵运并未完全被眼前的困顿以及内心的黑暗情绪吞没，他时常驻足远眺，通过山水之美、先贤之言以及玄学之思等方式化解胸中的郁积和苦闷。其《初去郡》曰："野旷沙岸净，天高秋月明。憩石挹飞泉，攀林搴落英。战胜臞者肥，止监流归停。即是羲唐化，获我击壤声！"刘履《选诗补注》对此诗疏解颇为周详："且又追念初仕以来负心既久，今乃始废将迎之劳，得遵归路。于是登涉俯仰，怡情景物，此心悠然，莫非天趣。是知闲逸足胜仕宦，譬诸鉴水，当不于其流，而于其止也。此即羲皇、陶唐雍熙之化，而当时击壤者，则已先得我之欢情矣。"在一番政治失意的牢骚过后，诗人寄情山水，自然界的物色静谧旷远，足以涤荡其内心的尘垢；先贤见素抱璞的生活方式，也足以令其神往。然而，山林并非总是秀美，在孤峭险峻的自然面前，谢灵运用玄学思考以及先贤典故化解胸中的郁积。其《七里濑》曰：

羁心积秋晨，晨积展游眺。孤客伤逝湍，徒旅苦奔峭。石浅水潺湲，日落山照曜。荒林纷沃若，哀禽相叫啸。遭物悼迁斥，存期得要妙。既秉上皇心，岂屑末代诮。目睹严子濑，想属任公钓，谁谓古今殊，异世可同调！

"积"字和"展"字颇为传神地显露出诗人内心的郁积和自我消解的努力。远眺之余，自然物色如此荒芜孤峭，诗人的孤苦感反而与之倍增。"遭物悼迁斥，存期得要妙"句下李善注云：《老子》曰：'湛兮似或存。'

《王弼》曰:'和光而不污其体,同尘而不渝其真,不亦湛兮,似或存兮。'《庄子》曰:'此之谓要妙也。'"诗人用老庄玄理化解物色之凄以及迁逝之悲,外界的物象暂时抛却,内心的冥想随之展开,诗人的情志与先贤的典故同调,内心的不安也随之化解。不过,相对于出为永嘉太守而言,出守临川时期的谢灵运更加困顿迷茫,其内心的苦闷则更加郁积且难以排遣,诗歌情调显得低沉迷离。

经历过仕与隐的反复纠结,跋涉过无数或荒寒、或秀美、或险峻的山林,诗人描绘出行旅的艰辛、人生的困顿以及山水的幽深,其郁积的内心通过山水及玄思得以疏泄,而旅途风景则成为谢灵运反思人生、体悟美感的最佳途径。

三、笔法精巧,诗史流芳

《文选》诗歌分类中,描摹物色最多且与山水诗关联最为密切当数"游览"及"行旅"两类。相比而言,游览诗描写山水、古迹、园林等,多以"游"字命题,且固定地点的游览之作居多。而行旅诗与游宦经历相关,往往记录旅途的所见所感,多以"过""入""还"等命题,重在动态表现沿途物色及内心所感。就《文选》所录谢灵运游览诗与行旅诗而论,其游览诗写作模式相对固定,多为记游、写景、兴情、悟理依次递进,且善于实景实写,刻画细腻。而作为行旅诗,诗人游宦旅客的身份体认较为显著,景物描写多为旅途风景,情感表达上也更加复杂。具体而论,《文选》所录谢灵运行旅诗有如下特色:

其一,结构多变,构思精巧。谢灵运行旅诗多作于旅途中,既有即兴的感发,又不乏妙思巧构。一般而言,诗歌起调难工,谢诗却长于起句,富有变化。"述职期阑暑,理棹变金素",该句以兴起,用典奇特。"束发怀耿介,逐物遂推迁",此句以追述起,情感随之流露。"宵济渔浦潭,旦及富春郭",该句此历述行程,营造出急迫之感。"彭薛裁知耻,贡公未遗荣",此以典故发端,表明栖逸之心。"白珪尚可磨,斯言易为缁",此述出都之由,显示见诬之情。"采菱调易急,江南歌不缓",此句发端超秀,绝有情致。诸多诗句发端变化不一,此种非固定模式的起句,或是根据行程所见,或是因为时局有感,或是源自思古忧思,灵活多变的起句使其行旅诗蕴含多重基调,由此表达出复杂的心迹。

有些诗篇,谢灵运随着情感脉络而一气呵成,其中不乏巧妙构思。如《初发石首城》以"白珪尚可磨,斯言易为缁。虽抱中孚爻,犹劳贝锦诗"等诗句说明出都的缘由、被诬陷的苦楚以及罹谤得雪的经过,随后"出宿薄京畿,晨装抟鲁飚。重经平生别,再与朋知辞"写发都与辞别过程。"苕苕万里帆,茫茫终何之"抒发感慨,"游当罗浮行,息必庐霍期"等句畅想未来,结句"皎皎明发心,不为岁寒欺"表明本意,回应起处。行旅的前因后果,诗人的心迹,未来的期许,人生的态度,诸多元素巧妙融合在这一首诗中,给人以无穷艺术回味。由此观之,分析谢灵运诗作的写作模式,不能仅仅着眼于其诗作多有"玄学尾巴"的固定看法,更要结合其诗歌脉络以及具体情境立论。结构之多变、构思之精巧虽非谢灵运行旅诗的独有艺术个性,但与潘岳善于铺叙之结构、颜延之长于深邃之思索相比,谢灵运行旅诗的结构及构思特点亦较为明显。

其二,抒情缀景,畅达理旨。和游览诗相似,行旅诗也少不了写景抒情、抒发理趣。由于出行目的不同、心境不一,行旅诗更加注重对于旅途劳顿的抒写,所表达情感与政治、乡愁、羁旅主题的关联更加密切,外界物色与内在心境巧妙融合,失意情绪与玄思妙想相互抵消,形成了幽情逸兴、趣味盎然的艺术境界。如谢灵运《登江中孤屿》一诗:

江南倦历览,江北旷周旋。怀杂道转迥,寻异景不延。乱流趋正绝,孤屿媚中川。云日相辉映,空水共澄鲜。表灵物莫赏,蕴真谁为传?想像昆山姿,缅邈区中缘。始信安期术,得尽养生年。

诗人寻求一种奇异的山水审美,这也正是诗人客居永嘉时期内心孤寂、寻求新鲜的真实写照。该诗将情、景、思巧妙融合,不露痕迹,备受后世评论家赞誉。邵子湘曰:"'孤屿'便妙,'新异'二字为孤屿写境,'灵真'便写性情矣。"何焯曰:"舟行兀兀,忽推篷眺远,心目俱旷,叙写生动。"邵子湘又曰:"大谢诗无论才高,其所历之处皆是妙境,焉得不触发?"无论是抒写性情还是山水妙境,都离不开诗人敏锐的观察力以及深厚的人生感悟,诗人将行旅、山水、悟道紧密结合,山水因此打上诗人生命的印记,理旨也不再空疏无味,此与南朝时期"澄怀观道""以形媚道"的山水审美观颇为相似。

其三,佳句迭出,境阔情深。钟嵘《诗品》评价谢诗:"名章迥句,处处间起;丽典新声,络绎奔会。"谢诗秀丽典雅、佳句迭出,这在其行旅诗中也有所体现。"石浅水潺湲,日落山照曜""野旷沙岸净,天高秋月明""云日相辉映,空水共澄鲜",此类诗句秀丽高雅,备受后代评论

温州江心屿

家青睐。《初去郡》"野旷沙岸净，天高秋月明。憩石挹飞泉，攀林搴落英"一句，何焯评曰"耳目心神为之爽易，极有'初'字兴味"，方伯海评曰"读下半截幽情逸兴触绪沓来，视在郡时景物同，心胸眼界不同。凡文字有意趣则生，无意趣则死，不可不知"。谢灵运行旅诗佳句迭出、意趣横生，这与外界物色及心胸眼界有密切关系，沿途的物色、奇异的环境以及人生的玄思使得诗人的眼界更加开阔，内心更加宽广。因其内心不羁，往往能构思出佳句；也因其放目远眺，诗歌境界颇为开阔。如《入彭蠡湖口》一诗"灵物吝珍怪，异人秘精魂。金膏灭明光，水碧缀流温"，何焯评曰："境阔而情深，觉有杳冥变幻之态，故能称题。"相比于六朝时期的其他行旅诗而言，谢灵运行旅诗的游宦体验更加深沉。永嘉、临川等地的山水打开了诗人的心扉，故其诗歌境阔；旅途的思索加深了诗人生命的感悟，故其诗歌情深。因此，"境阔情深"也成为谢灵运行旅诗的一大特色。

谢灵运行旅诗在诗歌史上的意义值得思考。一方面，行旅文学本身而言，它在继承传统"逐臣"文学的基础上有所发展。从《远游》开始，"逐臣"主题受到后世作家的青睐。每当士人因仕宦失意、放逐边地时，屈原作品的意境以及情感寄托便不断重现。魏晋时期，游宦题材不断发展，从潘岳、陆机、陶渊明等人的作品中即可窥见一斑。及至南朝时期，士人旅居他乡日益频繁，在赋作里出现以江淹《别赋》为代表的别离之思。羁旅游宦题材也表现在诗歌这一文体中，而《文选》行旅诗的出现，表明羁旅游宦成为六朝时期重要的诗歌题材。但因仕宦经历以及人生追求不同，行旅诗中的情感表达各有不同。有恋阙之心，有故国之思，有仕隐矛盾，也有不遇情怀，如此则丰富了中古诗歌的情感内蕴。谢灵运行旅诗复杂的情感表达以及多样的艺术技巧，成为后世文士效仿的对象，谢朓、鲍照、沈约等人行旅诗或多或少受其影响。唐宋时期，行旅文学又出现新的变体——贬谪文学，杜甫、韩愈、柳宗元、苏东坡等人的诗文中，此类文学作品不少。文学创作的多样化也致使选本的分类更加细化，如明代

《古诗类苑》"人部"分为行役、羁旅、奔亡、流徙等类,由此说明羁旅游宦文学成为历代文学作品中的重要题材,而谢灵运行旅诗承前启后的历史地位不可低估。

另一方面,从山水诗发展史上看,南朝时期山水审美虽然日益发达,但单纯山水题材作品的分类观念尚不突出。就诗歌而论,游览诗及行旅诗与山水诗有着密不可分的关联性。南朝"物色"理论在游览诗和行旅诗中皆有体现,这也表明山水描写已经融入这两类诗作中,二者影响了山水诗的发展,甚至可以视为山水诗。但当我们反观谢灵运游览诗和行旅诗,这两类诗对于山水诗的意义并不一致。谢灵运游览诗侧重于静态的叙写,写景成分相对较多,景物描写以秀美奇崛居多,而情感内蕴相对薄弱。而谢灵运行旅诗境界更加开阔,诗人追求景物的新异,旅途的艰险与人生的困顿紧密结合,情感意蕴更加深厚,如此,则丰富了山水诗的艺术境界及情感内涵。

谢灵运的行旅诗成为诗人生命印迹的记载,其诗作典丽秀逸的审美内涵也成为后世诗歌创作的典范,然而诗人最终难逃悲剧命运。当我们阅读张溥的评价"盖酷祸造于虚声,怨毒生于异代。以衣冠世,公侯才子,欲倔强新朝,送龄丘壑,势诚难之。予所惜者,涕泣非徐广,隐遁非陶潜,而徘徊去就,自残形骸,孙登所谓抱叹于嵇生也",体会此中真意,不能不为这一狂傲的生命而感伤;当我们涵泳"苕苕万里帆,茫茫终何之"这样的诗句时,又为诗人不屈的灵魂所打动。

拓展阅读

李白《梦游天姥吟留别》

海客谈瀛洲,烟涛微茫信难求。越人语天姥,云霞明灭或可睹。天姥连天向天横,势拔五岳掩赤城。天台一万八千丈,对此欲倒东南倾。

我欲因之梦吴越,一夜飞渡镜湖月。湖月照我影,送我至剡溪。谢公宿处今尚在,渌水荡漾清猿啼。脚著谢公屐,身登青云梯。半壁见海日,空中闻天鸡。

谢公屐（浙江省博物馆藏）

千岩万转路不定,迷花倚石忽已暝。熊咆龙吟殷岩泉,栗深林兮惊层巅。云青青兮欲雨,水澹澹兮生烟。列缺霹雳,丘峦崩摧,洞天石扉,訇然中开。青冥浩荡不见底,日月照耀金银台。霓为衣兮风为马,云之君兮纷纷而来下。虎鼓瑟兮鸾回车,仙之人兮列如麻。忽魂悸以魄动,恍惊起而长嗟。惟觉时之枕席,失向来之烟霞。

世间行乐亦如此,古来万事东流水。别君去兮何时还？且放白鹿青崖间,须行即骑访名山。安能摧眉折腰事权贵,使我不得开心颜！